漂鳥 HYOCHO
Illustration
刀彼方
ISAO
The indomitable
spirit of adventure online
不屈の冒険魂
雑用積み上げ最強へ。超エリート神官道

「あの人ってNPCじゃないの?」と
勘違いされた噂の「神殿の人」――!!
妖精｜メレンゲ
イベントで仲間になった妖精。
甘いものが大好きでユキムラの
作ったお菓子が大好物。
NPC｜クラウス
ユキムラの補佐役
ユキムラが神殿長を務める
ウォータッド大神殿の副神殿長。
物静かで優秀な神官で華麗に
ユキムラを補佐する。
VR名｜ユキムラ
高瀬 昴｜タカセスバル
現実世界では大学1年生の男。
何となく選んだ「神官」職業が
原因で神殿にこもって
「ボッチ雑用」を多数こなす。
NPCにとても優しく、慕われている。

仕事熱心な裁縫師！
ユキムラが気になる姉御肌!!
「親衛隊」を引き連れた「聖女」の称号を持つ高嶺の花――。
VR名｜ユリア
「神聖騎士団」に所属し
「聖女」と呼ばれる。
職業は「修道女」だが
高レベルの魔法を司る。
全プレイヤーから名を知られる
カリスマ。
VR名｜キョウカ
鈴谷 京香｜スズタニキョウカ
スタイル抜群な生産職
「裁縫師」の女性プレイヤー。
ユキムラの服装を手掛ける。
仲間とともにユキムラと
冒険に向かうことが多い。

レイドボス
『邪霊龍
リントヴルム』
討伐へ――。

集中！　神経を研ぎ澄まし、
大きく息を吸い込んだ。
「【浄化】悪霊昇華！」
俺の全身から迸《ほとばし》る、眩《まばゆ》い光の奔流。
密度の高い一条の光束が、
膨張しながら真っ直ぐに進み、
ドラゴンの大きな頭部に直撃した。
多数の冒険者の
大猛攻を退けた強敵へ、
ユキムラ渾身！
聖魔法の効果は――!!?

荘厳なる夕暮れ。
いにしえより伝わる
魚人族の儀式。
幾世代も途絶えていた
美しき伝統を
大司教・ユキムラが
その手で蘇らせる——。

〈弾けた！〉
湖上には、あたかも蜉蝣《かげろう》が一斉に羽化したかのような
儚い光が一面に煌めき、まさに幽玄の世界。
星空とも違う瞬《また》きを映すその景色は、
言葉に尽くせないほどの夢幻の様相を呈していた。

CONTENTS

ISAO

The indomitable
spirit of adventure online

ダッシュエックス文庫

不屈の冒険魂

雑用積み上げ最強へ。超エリート神官道

漂鳥

プロローグ　俺のリアル事情

「やーん、あれ見て♡　髪が艶《つや》っ艶のさらっさら。天使か」

「はぁ、今日もカッコいい。……あの天使の輪っかに触りたい。タッチしてきてもいい？」

「お触り禁止だってば。でもわかる。横顔まで完璧《かんぺき》とか。今日の一枚！」〈カシャッ！〉

「長い睫毛《まつげ》。エクステしてるみたい。あれで天然なのはズルイぞ！」

「リアル八頭身いたわ。頭、小っさ！　脚《あし》、長っ！　全方向隙《すき》なく尊《とうと》い」

「日々眼福《がんぷく》そして萌《も》え♡　充電ＭＡＸ！　同じクラスなんて運極《うんきょく》っしょ！」〈カシャッ！〉

……う、煩《うるさ》い。

それに今、カシャ！　って鳴った。鳴ったよね？　勝手に写真を撮らないでって、以前ちゃんと言ったのに。

休み時間。

廊下の外から、やけに姦《かしま》しい声が聞こえてくる。さらに教室の中からも。全《すべ》てハイトーンな女子の声だ。その発声源には、同学年だけじゃなく、明らかに下級生も混ざっていた。

どこかのアイドルがこのクラスにいるのかって？

まさか。ここは、どこにでもあるような、ごく普通の公立高校に過ぎない。だから、芸能人なんているわけがない。言いたくないけど、決して自惚《うぬぼ》れではなく、あれは、あの子たちは……みんな、この俺を見てキャッキャしている。

そういう俺はというと、ちょっと家庭に事情《わけ》ありの、ごく普通に生活している高校生だ。

身長は一八〇センチくらい。同級生の中では背が高い方かな。「姿勢が良いね」とよく言われるのは、子供の頃から剣道で鍛《きた》えているせいかもしれない。体脂肪率は低めで、一見スレンダーだけど、ほどよく筋肉をまとった細マッチョってやつだ。

父子家庭で、父親は警察官かつ転勤族。だから、自分のことは自分でやるし、わりとそつない方だと思う。度重《たびかさ》なる転校により、人当たりのよさもほどほどに培《つちか》った。そういった諸々《もろもろ》の影響なのか。行く先々でやけに女性ウケがよく、女の子にかなりモテる。それはもう困るくらいに。

爆《は》ぜろ？

いや待って。これは全然自慢なんかじゃないから。そのせいで、日頃、かなり困る状況に陥《おちい》っている。だって、最近の女の子って、いつもこんな風で。

「ねえ、ねえ。また来ちゃった♡　えっとなんだっけ？　そうだ！　休みの日は何してるのかなって、聞こうと思ったの。それでね、今度の土曜日に公開する映画、あれいいよね。私、あいうの大好き。あの原作ってもう読んだ？　まだだったら貸してあげるよ。あっ！　でもぉ、一緒に映画を観《み》に行っちゃう方が早くない？　座席予約、今ならまだ取れるし。それに、映画館の側《そば》に、お洒落《しゃれ》な雰囲気《ふんいき》のカフェができたの知ってる？　待ち合わせするのに大人気で……」

君、息継ぎしてる？　って、つい心配しちゃうような怒濤《どとう》のお喋《しゃべ》り。凄《すご》く押しが強い。上手《うま》い例《たと》えが見つからないけど、彼女たちはなんていうか——そう、とにかくとても一方的なんだ。

俺の行くところには、どこにでもついてくる。そして炸裂《さくれつ》する、延々《えんえん》と続く自分語り。

好きなTV番組に、好きな音楽。マイブーム、マイファッション……俺には正直いってよくわからない。一番困るのが、こちらの話や都合は少しも聞いてくれないところ。無理だって断っても通じないし、挙句《あげく》の果てに、泣き真似《まね》して周囲の注目を浴びて騒ぎになる。

そのたびに、「またあいつか」って、俺が騒ぎの原因みたいに睨《にら》まれて、精神力がゴリゴリ削《けず》れる。いくら誘われても、俺は忙しくて遊びに行けないのに。

男二人暮らしで俺が主婦代わり。やらなきゃいけないことは沢山《たくさん》あった。本格的に大学受験に突入してからは、さすがに全く余裕がなくなって、人当たりの良さも売り切れだ。

「つれな〜い。でも、クールなのもまた素敵《すてき》♡」なんていうのも全てスルーした。


でも、そんなのも全てもう過去形だ。そう、終わったんだ！

高校卒業&大学進学。そして始まる一人暮らし。大学生になったからには合コン？　もちろんそんなの行かないよ。気疲れするし、まだ酒も飲めない。お金もかかる。それに、もう空《あ》いた時間にやることは決めているから。

それは、今話題の「新規格ＶＲ《バーチャルリアリティ》ゲーム」だ。運よく抽選で当たり、迷わずＶＲ機器とゲームギアや付属品同梱《どうこん》のスターターセットを購入した。凄く高かったから、もう貯金は枯渇《こかつ》寸前だ。でも構わない。今までは時間的に無理で諦《あきら》めていた冒険ファンタジー。それが、とうとうできるんだから。

＊

というわけで、アバター登録の時間です！

ＶＲ機器本体に挿《さ》したメモリーカードには、予《あらかじ》め、数パターンのアバターを登録できる。ゲームごとに、その中から使用するものを選ぶ仕組みだ。といっても、このＶＲ機器は超最先端技術を使った新規格仕様《しよう》。だから、同じ規格のゲームはまだ少数しか発売されていない。「現実を超えた超リアルな世界を再現」と、前評判と期待値《ち》は高いけどね。

アバターは、ＶＲ機器本体で簡易作製できる。でも、専用アプリを使うと、細かい修正ができて、より自然なアバターになるそうで、それならとパソコンで作ることにした。

生体情報であるパーソナルデータは、購入時にVR販売店でスキャン済み。そのデータを読み込んで……出てきた！　おおっ、まるっきり俺じゃん。凄い、鏡を見ているみたいだ。

身長や体格は、あまりいじらない方が操作性が良いと、販売店の人が教えてくれた。だから、あえて手を入れるのは「顔」だ。顔はもちろん大幅に変えるつもりでいる。個人情報保護の意味もあるけど、ゲームの中くらい煩《わずら》わしさから解放されたいから。

だから、理想の「フツメン」に変身さ！

えっと、まずは顔のパーツ選びだ。選ぶ基準は、これといった特徴がない平凡な地味さ。なんとなく納まりのいいパーツをチョイスしていく。でも、人柄は良さそうに見える方がいい。ここは変えて、これも修正かな。もうちょい……こんなものか？　うん、違和感はない。

髪色と眼《め》の色は両方とも焦《こ》げ茶色だ。髪に緩《ゆる》めのウェーブを入れて、長さは襟足《えりあし》くらいにした。このゲームは、いわゆる西洋ファンタジーの世界観だそうだから、黒髪よりもこの方が目立たないだろうと予想している。

あとは肌《はだ》の色か。リアルに近い、健康的に見える色……うん、これでいい。やっと完成。全身を眺《なが》めてみると、大衆に埋没《まいぼつ》しそうな「地味顔の好青年」の出来上がり！

これでＯＫ。［登録］っと。

おっと。もう結構な時刻だ。ゲーム開幕まであと一時間ちょっとしかない。少し休憩《きゅうけい》ね。

＊

いよいよゲーム開始。まずは、同意書が出てきた。
《ゲーム上の映像・音声及び創作物に関するナンチャラはゲーム会社の所有となり……ゲーム上で生じた……は一切責任を問……アカウントの売買禁止、改造の禁止、不正ツールの使用禁止……》うん、いつものやつね。［同意］をチェック。
次に《注意事項》
《ダウンロードされたパーソナルデータ及びアバターデータ間に大幅な隔《へだ》たりがあり、ゲーム操作上支障がある、あるいはプレイヤーの心身に危険が及ぶと……ときは、該当《がいとう》アバターの使用をプレイヤーの許可なく制限できる権利を有し……》
ふぅん。無茶なアバターを作製していないか、一応はチェックしているってことか。でも俺には関係ない。体格はリアルのままで弄《いじ》っていないからね。ポチッと［同意］。これであとは仮想世界への入場を待つだけだ。

第一章　「神殿の人」って呼ばれる理由

1　ログイン

《The indomitable spirit of adventure online《ザ・インドミタブル・スピリット・オブ・アドベンチャー・オンライン》（ISAO）へ、ようこそ》
《既存データがありません。新規アカウントを作製します》
《よろしければ［次へ］を押して下さい》
《キャラメイキングを開始します。読み込むアバターデータを選んで下さい》
目の前に半透明の四角いタッチパネルが浮かんでいる。そこに、さっき作ったアバターが表示されていたので、それを選んでポチッと。よし、出てきた。これで［確定］。
このゲームでは、基本的に「種族」は選べない。「種族」は、選んだ職業やスキルで自動的に決まる仕組みだ。スキル構成《ビルド》を定番《テンプレ》の使い勝手のいいものにすると、どうやらほぼ「人族」になってしまうらしい。

《職業を選択して下さい》

ここで選べる初期職業は、「攻撃職」「支援職」「生産職」「芸能職」と、大きく四つの括《くく》りに分かれている。それぞれが更《さら》に細分化されていて、全部合わせるとかなり種類が多い。

少し迷ったけど、これに決めた。

《「助祭」が選択されました。これでよろしいですか？　よろしければ［確定］して下さい》

確定するとすぐに、ステータス表示が出てきた。

［ユーザー名］＊＊＊［種族］人族［職業］助祭（格★）［レベル］1
［ＨＰ《ヒットポイント》］20［ＭＰ《マジックポイント》］20［ＧＰ《ゴッドパワー》］20
［ＳＴＲ《力》］5［ＶＩＴ《体力》］10［ＩＮＴ《知力》］10［ＭＮＤ《精神力》］10
［ＡＧＩ《敏捷性》］5［ＤＥＸ《巧緻性》］5［ＬＵＫ《幸運》］5 Bonus《ボーナス》 Point《ポイント》 20
《職業固有スキル》
【戦闘支援】身体強化【結界】結界【浄化】浄化
【状態異常治癒《ちゆ》】毒中和【回復】回復※Ｓ／Ｊスキル空《あ》き枠《わく》 5

［ＳＴＲ］以降の［七項目のステータス］の初期値《ち》合計は、各職業共通で50ポイントだ。その配分は職業によって最初から決まっているので、ここでは確認するだけになる。

《スキルを選択して下さい》

これからスキルを選択していくが、スタート時の空きスキル枠は十枠ある。そのうち五枠に、職業的な必須《ひっす》スキルである「職業固有スキル」が自動的にセットされる。【スキル名】の下に記載されているのは、使用できるスキル技《アーツ》だ。

この「職業固有スキル」には、スキルレベルという概念はない。スキルの効果は、特定のステータス値に依存する。俺の場合は、MND依存になるそうだ。

俺の選んだ「助祭」は、いわゆる支援系神官職になる。その「職業固有スキル」には、【戦闘支援】【結界】【浄化】【状態異常治癒】【回復】といった、いかにもな五つのスキルが並んでいる。

うん、ちゃんとセットされている。よしよし。

これでスキル枠がもう半分埋まった。残り五枠分には、「パッシブスキル《Pスキル》」と「選択スキル《Sスキル》」、それぞれのスキルリストに出てきた選択肢から、プレイヤーが好きなスキルを選ぶことができる。

先ほどの「職業固有スキル」と異なり、これから選ぶ「Pスキル」と「Sスキル」には、各ステータス値を+《プラス》に加算する補正効果がある。だから、加算されるステータスの種類をよく考えて、スキルを選ぶ必要があるというわけ。

まず「Pスキル」だ。「Pスキル」は、選択できる数が制限されていて、最大二つまで。ステータス＋効果が「Sスキル」よりも大きいため、こちらを積極的に取った方がいいらしい。
そして、この「Pスキル」には二種類ある。「職業関連パッシブスキル《JPスキル》」と、「一般パッシブスキル《Pスキル》」だ。そのどちらから選択してもよい。

スキルリストを見ると、JPスキルで選べるのは、今のところひとつだけだった。

【JP祈禱《きとう》Ⅰ】MND＋10　LUK＋5
GPの回復速度上昇。神官系スキル効果上昇。※スキルレベルが上がると神官職の格★が上がりやすくなる。

これはもちろん選択だな。スキルの説明にあるGPというのは、いわゆる神官版MPで、神官系スキルを使用すると消費する。
さて。もうひと枠は、一般の「Pスキル」からだな。

【P頑健Ⅰ】VIT＋10　MND＋5
物理防御力上昇・魔法防御力上昇。被ダメージ軽減。HP自己回復速度上昇。状態異常耐性。状態異常から復帰しやすい。

迷った末にこれにした。ひとつのステータスに特化はしていないが、守備方面全般を底上げしてくれるからだ。
残り枠は三つ。次に選ぶのは「Sスキル」だ。攻撃手段として、武術スキルをひとつとる予定でいる。じゃないとソロで動けなくなるから。
神官職だと、【棍術《こんじゅつ》】【杖術《じょうじゅつ》】【棒術《ぼうじゅつ》】と相性がいいそうだ。そして俺が選んだのはこれ。
【S棒術Ⅰ】STR＋5　AGI＋5
六尺棒とかなんか格好《かっこう》いい気がするし、棒術は前からやってみたかったのでこれにした。
残り枠はあと二つ。これには、メインスキルである「職業固有スキル」を補助するようなスキルを取ることにした。
【浄化】を行う際にあると便利な【Sフィールド鑑定Ⅰ】INT＋5　DEX＋5
【状態異常治癒】【回復】を使う際に有用な【S生体鑑定Ⅰ】INT＋5　DEX＋5
よし。これで全部のスキル枠が埋まった。無難すぎる選択な気もするけど、［確定］。

《スキルが選択されました。ステータスを確認して下さい》
［ユーザー名］＊＊＊［種族］人族［職業］助祭（格★）［レベル］1
［HP］40［MP］40［GP］50
［STR］10（＋5）［VIT］20（＋10）［INT］20（＋10）
［MND］25（＋15）［AGI］10（＋5）［DEX］15（＋10）
［LUK］10（＋5）Bonus Point 20
［七項目のステータス］に、取得したスキルの［ステータス＋効果］が加算された。

Ｐスキルは各15ｐｔ、Ｓスキルは各10ｐｔずつ関連ステータスが上昇する。これに加えて、Ｂｏｎｕｓ　Ｐｏｉｎｔ（ＢＰ）を自由に振り分けてと。

［ＨＰ］は［ＶＩＴ］×2、［ＭＰ］は［ＩＮＴ］×2、［ＧＰ］は［ＭＮＤ］×2で計算される。だいぶ数値が増えたな。［ＨＰ］と［ＭＰ］は初期値の倍以上。［ＧＰ］は初期値の三倍だ。

ちなみにＢＰは、レベルが1上がるごとに5ｐｔ貰《もら》えるそうだ。

《ユーザー名を入力して下さい》

名前はもう決めてある。昔から好きな戦国武将の名前にするつもり。そして、最終的に出来上がったステータス一覧《いちらん》がこれ。

［ユーザー名］ユキムラ［種族］人族［職業］助祭（格★）［レベル］1
［ＨＰ］50［ＭＰ］40［ＧＰ］60
［ＳＴＲ］15［ＶＩＴ］25［ＩＮＴ］20［ＭＮＤ］30
［ＡＧＩ］15［ＤＥＸ］15［ＬＵＫ］10 Ｂｏｎｕｓ　Ｐｏｉｎｔ 0
《職業固有スキル》
【戦闘支援】身体強化　【結界】結界　【浄化】浄化　【状態異常治癒】毒中和
【回復】回復
《スキル》※Ｓ／Ｊスキル空き枠 0

【JP祈禱Ⅰ】【P頑健Ⅰ】【S棒術Ⅰ】突き【S生体鑑定Ⅰ】【Sフィールド鑑定Ⅰ】

《装備》なし《アクセサリ》0／10

いいね。ちょっとは神官らしい配分になったかな？［最終決定］。これでようやく、ゲーム世界へ旅立つ準備が整った。初《しょ》っ端《ぱな》は、チュートリアルだ。

すぐに視界が切り替わる。

現れた場所は、やけに明るい、壁も床も天井も染《し》みひとつない、真っ白な部屋の中だった。目の前には、神官服のようなものを着た、厳《いか》つい壮年の男性が一人いる。どう見ても本物の人間にしか見えない。これでＮＰＣ《ノンプレイヤーキャラクター》なの？

「チュートリアルへ、ようこそ。私が君の指導教官だ」

おお、喋《しゃべ》った。見かけを裏切らない落ち着いた低い声で、教官が話を続ける。

「最初に、［基本操作］を学ぶ。次に、［職業固有スキル］［パッシブスキル］［選択スキル］の使い方について順次学んでもらう。質問は最後に受けつける」

操作説明の後は、順番にスキル説明なわけね。わかった。

「チュートリアルを始めていいかね？」

「はい。お願いします」

チュートリアルが終了した。チュートリアルで教わったのは、次の項目についてだ。

①ステータス画面の見方と操作。ゲーム内メールやGM《運営》コール使用上の注意。

②保有スキルの使い方とスキル関連情報。

③棒術の訓練（「神殿」の「武術教練」に参加すると、訓練の続きができるそうだ）。

④自分のついた職業についての解説（希望者のみ）。

指導教官は、かなり丁寧《ていねい》で親切だった。人は、いやNPCは見かけによらない。

職業についての解説は、ここで聞いておくとタッチパネル上の「ゲーム知識」のところにその項目が追加される。後で読み返せるそうなので、希望して受けておいた。

うん。ちゃんと追加されている。

また、【JP祈禱Ⅰ】のレクチャー（実際に祈禱文を何回も読まされた）中に、【聖神の加護Ⅰ】MND＋10というのが、新たにステータスに加わった。

いきなりピコン！　って音がして、「加護」取得のアナウンスが聞こえた時は驚いたよ。

チュートリアル中に加護がついたのは意外だったけど、戦闘職以外の職業では、加護を貰える条件が比較的緩《ゆる》めで、最初の加護は俺のように早い段階でつくことが多いらしい。

各職業で貰える【○神の加護Ⅰ】の効果は、関連ステータスの上昇（中）・「職業固有スキル」＆「職業関連スキル（J／JPスキル）」の効果上昇（小）などで、ステータスや保有スキル、プレイヤーのとった行動などが、取得条件を満たすと貰えるそうだ。

そして、支援系神官職（男性）の「位階」と「格★」はこうなっている。
下位職　①助祭★★★★★　②司祭★★★★★
中級職　③司教★★★　④大司教★★★
上級職　⑤首座大司教★★　⑥総大司教★★
最上級職　⑦枢機卿★　⑧教皇★
このように「位階」は八段階あり、それぞれに異なる数の最大「格★」数が設定されている。
「格★」は、聞き慣れない言葉だけど、いわゆるジョブレベルに相当する。次の「位階」（＝上位職）に上がるには、今いる位階の最大数まで★を取得するのが条件のひとつだ。
そして、「位階」は更に二つずつ、四段階に分けることができる。
〈①次職・②次職〉は下位職と呼ばれ、「格★」の数が多いが上昇もしやすい。
〈③次職〉（ここから中級職）は、職業ルートの最初の分岐点《ぶんきてん》になることが多く、〈④次職〉以上になると「格★」がなかなか上がらなくなる。
〈⑤次職・⑥次職〉（ここから上級職）になるには、転職条件を満たし、特別なクエストをクリアする必要がある。
〈⑦次職・⑧次職〉（ここから最上級職）になるには、非常に複雑な転職条件を満たすことが要求され、さらに専用の隠しクエストを発生させ、クリアする必要があるそうだ。

　こうして見ると、上げなければいけない「格★」の数がとても多いことに気づく。先は長いな。【ＪＰ祈禱】を取っておいて正解だった。というのも、【ＪＰ祈禱】は、パッシブスキルであると同時にアクティブスキルの性質も持つ。「祈りを捧《ささ》げる」という行為を繰り返すと、「格★」が上がりやすくなったり、時に加護が強化されたりするらしい。

２　神殿

　チュートリアルが終わったので、早速《さっそく》行動開始だ。

　ここは既《すで》に、「始まりの街」にある「神殿」内の一部屋らしい。「神殿」には、神官職に限り、神殿内の仕事（無給奉仕《ほうし》）を請《う》け負う代わりに、無料で利用できる宿泊施設がある。

　その仕事を消化すると、そこそこの経験値を得ることができて、仕事に関連したスキルを得られることもある。更《さら》に賄《まかな》いもつくので、レベルが低い内はとても助かりそうだ。

　ちなみに、「神殿」の利用は男性限定。女性には、同様の施設として「修道院」がある。

　なんでこんなに手厚いのかというと、実はベータテストでいろいろあったからだ。

　ベータテストの時は、一回限りだけど、違う系統の職業に簡単に「職業変更」ができた。

　その「職業変更」の際には、スキルレベルはリセットされてしまうものの、前職で自動取得した保有スキルの中から、ひとつだけ選んで持ち越すことができた。そしてその中に、「職業固有スキル」が含まれていたのが問題につながった。

この仕様《しよう》を利用して、【回復】などの支援系神官スキルを持つ、神官職以外の戦闘職が量産されていったからだ。

まあ、そりゃあそうだよね。パーティ人数は上限が決まっているから、支援系神官の代わりに戦闘職を入れたら、パーティの総攻撃力は飛躍的に上がる。

そして、得になりそうなことは右に倣《なら》えだ。戦闘職だけのパーティが組まれるのが当たり前になり、支援系神官職がパーティから弾《はじ》かれるようになるのは早かった。

支援系神官職一人では、フィールドでレベルを上げるのも、資金を稼《かせ》ぐのも、共に時間がかかる。だから、レベルは上がらない、装備は買えない、宿屋に泊まるので精一杯《せいいっぱい》っていう不遇な状況が珍《めずら》しくなくなって、ますます戦闘職との差が開いた。

次第《しだい》に、スキル構成《ビルド》を変更して戦闘系神官職に移行したり、神官職そのものを見限って職業変更をする人が増えたりして、支援系神官職を続けるプレイヤーは減っていった。

その結果生じたのは、ゲーム全体としての支援職の圧倒的な不足。そのせいで、ベータ終盤にあったレイド戦で苦戦し、結局レイドボスを倒せないままベータテストは終了している。

そういったベータテストでの経過を反映して、正式配信では、「格★」が満タンになっていない状態で職業変更をすると、「職業固有スキル」の持ち越しはできないように仕様が変更された。

加えて、他系統の職業の「職業固有スキル」を保有していると、中級職に上がる際に、職業の選択肢に大きく影響が出るようになった（詳《くわ》しくは公式HP参照）。

それでもまだ、ベータテストと似た状況が起こるかもしれない――そう懸念《けねん》され、支援系神官職のレベル上げを補助し、さらに資金的にゆとりができるようにと、「神殿」の仕様が大幅に修正されたのだそうだ。

同様の仕様は、神殿以外に生産職の現場でも導入されている。具体的に言うと、弟子《でし》入りという形で住み込みができるようになったらしい。お互いに不遇状態が改善されてよかったね。

ということで、神殿には後で戻ってくることにして、一旦《いったん》、ここから出ることにした。

ちなみに装備はこれ。既にチュートリアルで装備済みだ。

【見習い神官のローブ（初心者装備）】　ＭＮＤ＋５　耐久（破壊不可）

初期状態では、職業に関連した初心者装備を、ひとつだけ無料で貰《もら》える。剣士なら剣、魔術士なら杖《つえ》、鍛冶《かじ》士《し》なら槌《つち》、そして神官はローブになるそうです。

入ってくる参拝客とすれ違うようにして建物の外に出た。

「神殿」は、この「始まりの街」の中心部の一角にあり、近くには商業施設や飲食店が並び、プレイヤー御用達《ごようたし》の冒険者ギルドも設置されている。

「いらっしゃい！　安いよ！」

「今朝とれたての野菜だよ。お兄さん、買っていってよ！」

市場はかなり賑《にぎ》わっていた。いやすごい。人も商品も生き生きとしていて、まるで本物みたいだ。通りすがりに、いろいろな露店《ろてん》やお店を冷やかしで覗《のぞ》きながら進み、冒険者ギルドに到着した。ギルド内は、ゲームが始まったばかりとあって凄《すご》く人が多い。

ここで脳内アナウンス。

《冒険者ギルドに到着しました。［冒険者登録］が未登録です。登録を希望される方は……》

どうやら、わざわざカウンターに並ばなくてもよさそうだ。目の前に浮かぶタッチパネルを操作すれば、ギルドホール内で冒険者登録ができるって。ポチッと。［登録完了］

同様に、依頼の閲覧《えつらん》や受注、パーティ募集&応募も、このタッチパネル上で可能だそうだ。カウンターへは、依頼の達成報告と、自分が依頼を出す際に行けばいいらしい。便利だね。

パーティ。当然、気にはなっている。いずれは参加したい。でも、今はやめておく。

街の近辺の魔物を倒すだけなら、戦闘職なら支援は必要ないし、回復は店で買えるアイテムで事足りる。今の段階でパーティに参加すると、寄生《きせい》プレイだと言われてしまう可能性があり、そう言われるのは嫌だった。

　だから、最初は地道に「神殿」でレベルを上げることに決めている。うん。堅実とか手堅い性格だってよく言われる。見た目の印象と違うね、とも。

　見た目の印象っていうのは気になったけど、そんな会話の流れのときはいつもスルーしているから、どう違うのか突っ込んで聞いたことはない。でもいいさ。これまで手堅くて得をしたことはあっても、特にこれといって損《そん》をしたことはないしね。リアルでは。

　ここはゲームだから、いずれはあえて無茶することもあると思う。でも最初は俺らしく、地道に行くつもりだ。じゃあ、次は基本的な知識の収集をしに行こう。

「この辺《あた》りの植物や魔物の情報を知りたいのですが、どこでわかりますか？」

「資料室にある図鑑を参照して下さい。閲覧は無料ですが、部屋からの持ち出しはできませんのでご注意下さい」

　ギルドの資料室で、「植物図鑑（上下）」「動物図鑑（上下）」「魔物図鑑（上下）」を閲覧した。時間はかかったけど、内容が内容だけに読んでいて面白《おもしろ》かった。チュートリアルで教わった通りなら、これで【S生体鑑定】と【Sフィールド鑑定】が使いやすくなったはずだ。

　一緒に並んでいた「アイテム図鑑」もついでに閲覧し、更に「市街地地図」と「街周辺地図」を見つけたので併《あわ》せてチェックしておいた。すると、「アイテム図鑑」を読み終わった時点で、こんなスキルが生《は》えてきた。

【速読Ⅰ】ＩＮＴ＋５　読書の速度が少しだけ上がる。

よしっ。初めて生えてきた「一般スキル」だ。

「一般スキル」は、プレイヤーの取った行動により生えてくる。そのステータス＋効果は、「Ｓスキル」の半分あればいい方で、＋《プラス》補正がない場合もある。同じ名前の「Ｓスキル」と比べると取得が面倒《めんどう》だし機能制限もあるが、取得枠《わく》に制限がないのが特徴だ。

これで、この冒険者ギルドですることは一旦終了かな。レベルが上がったら、改めて採取系の依頼を取りに来るとしよう。

神殿に戻ってきた。

「助祭」が受けることができる神殿の仕事（無給奉仕）は、「清掃」「調理」「水汲《く》み」「夜警」の四つ。いわゆる下働きになる。

「水汲み」は重労働だけど、【筋力増強】が生えてくると聞いたので、試しにやってみることにした。

……というわけで、絶賛「水汲み」中です。

厨房《ちゆうぼう》や浴槽《よくそう》、そのほか神殿内に幾《いく》つかある大水瓶《みずがめ》へ水を補充する作業だ。井戸で水を汲んで水桶《みずおけ》を運ぶ。ひたすらこれの繰り返し。そして、水桶はかなり重い。

一回に運べる量には限りがあるので、何回も往復しないと満水にならないという、予想通り

の重労働だった。よって、人気がないから慢性的に人手不足だったりする。

神官職でも、戦闘系なら外のフィールドへ出た方がずっと稼げる。

ベータテストで不遇だと評判だった支援系神官職は、正式配信に当たり修正が入っても、やはりなる人が少ないようだった。そして、その数少ない人たちも、固定《ひた》パーティを組んでフィールドを回っていることが多い。従って、俺みたいに「神殿」に入り浸る人は、ごく少数派だ。

「神殿」と「修道院」。男女別っていうのが、より人気のなさに拍車《はくしゃ》をかけているのではないかと思う。「始まりの街」には、「神殿」はここ一箇所しかない。それなのに、神殿内で仕事をしているのは、現在二〇人にも満たない。この広い神殿に、俺を入れてたった一八人。そのうち一四人が「清掃」に行き、三人が「調理」へ。

つまり、「水汲み」をしているのは俺一人……うん。つまり絶賛ボッチ中。なので、「水汲み」作業が全然終わらないわけです。

……いつまでやればいいんだ？　これ。

「精が出ますね。おかげで十分に水が行き渡りました。神々のお恵みが、あなたと共にありますように」

これって、まだ水は入りそうだけど満水扱いってこと？　つまりここは終わっていい？

ふぅ。終わりだと思ったら力が抜けた。少し休憩《きゅうけい》しよう。……疲れた。ゲームなのに。

結局、神殿にある大水瓶を全部満タンにするまで続けた。一回に二桶ずつ運んで、合計五〇回以上往復したはず。

それでもまだ【筋力増強】は生えてこない。厳しいね。時間がかかるのはわかっていたけど、予想より大変だな、こりゃ。

「一般スキル」は、プレイヤーの取った行動の累積《るいせき》によって獲得できる。でもその難易度は一律じゃなくて、職業によって獲得のしやすさに差がある。「親和性」って呼ばれているけど、わかりやすく言えば「相性」があるんだ。

戦闘系の職業で、かつ重戦士系なら、ＳＴＲ＋やＶＩＴ＋効果のある「一般スキル」と相性がよくて、軽戦士系ならＳＴＲ＋やＡＧＩ＋効果の……といった具合だ。

支援系職業である俺は、ＩＮＴ＋・ＭＮＤ＋・ＤＥＸ＋タイプと親和性が高く、ＳＴＲ＋・ＶＩＴ＋とは親和性が低い。だから、ＳＴＲ＋タイプである【筋力増強】は、獲得するまでの行動累積がかなり多く必要になるってわけ。

ところで、【筋力増強】はまだなのに、かわりに【井戸妖精の注目】なるものが生えてきた。

【井戸妖精の注目】［取得条件］誰にも邪魔されずに、連続で百杯以上井戸から水を汲み上げる。井戸から水を汲むのが少しだけ早くなる。水の入った釣瓶《つるべ》を少しだけ軽く感じる。

ありがたい。水汲み作業がちょっとだけ楽になりそう。今日は、これでログアウト。

「水汲み」を続けて一週間、ゲーム内時間で三週間経過。やっと【筋力増強Ⅰ】が生えてきた。時間はかかったけど、頑張れば取れることがわかったのは朗報だ。

【筋力増強Ⅰ】ＳＴＲ＋５

ついでに加護も成長した。

【井戸妖精の応援】ＶＩＴ＋５　ＭＮＤ＋５

［取得条件］井戸妖精に注目されながら、継続的に大量の水を汲み上げる。

井戸から水を汲むのがかなり早くなる。水の入った釣瓶がかなり軽く感じる。

加護が成長したら、ステータス補正がつくようになった。「水汲み」は大変だったけど、やった甲斐《かい》があったな。頑張ってよかった。

そして、仕事はなにも「水汲み」だけじゃない。

「芋《いも》の皮を剝《む》き終わりました。次は何をすればいいですか？」

「あらあら、手際《てぎわ》がいいのね。上手《うま》く剝けているわ。じゃあ、次は、それを四つに割って、お湯を沸かして茹《ゆ》でてちょうだい。茹で上がったら芋を潰《つぶ》すから、お湯は少なめにね」

ははっ。厨房のおばちゃんＮＰＣに褒《ほ》められたよ。こういうのって、相手がＡＩだとわかっていても、ちょっと嬉《うれ》しくなる。

ここに至《いた》って、まだフィールドには出ていない。

「水汲み」以外の仕事にも手を出していたので、すごく忙しかったせい。でも「調理」は、日常的にやっていることもあり、リアルスキルでサクサク捗《はかど》った。

途中で人が増えたり減ったり、「神殿」へのプレイヤーの出入りが激しかった時期もあった。だけど次第に、厨房にもそれ以外にも、プレイヤーは俺一人になって、受け持つ仕事の作業量が大幅に増えた。幸いにも、加護の成長により、「水汲み」にかかる時間が短縮されたおかげで、なんとかこなしていくことができている。

妖精さん、本当にありがとう。

一日何食も作った日があったせいか、三日目には【調理Ⅰ】が生えてきて、六日目には早くも【調理Ⅱ】に上書きされた。親和性の他に、リアルスキルも関係したのかもしれない。

【調理Ⅱ】DEX＋10
調理にかかる時間が短縮される。味に補正がかかり、より美味《おい》しい料理が作れる。


なんだかまるで、神殿に就職したようなログイン生活だったな。

その甲斐あって、NPC神官たちの好感度は、それ相応に上がっていると思う（隠し要素で数値は目に見えない）。かなり気さくに話せる仲になれた。寝食を共にしているのもいいのかな？

そして、【調理Ⅱ】が生えてから、周りのNPCの笑顔が増えた気がするのは、気のせい？　現実なら主夫歴六年の俺が作った料理なんて、調理補助のおばちゃん（神官ではない一般NPC）の作る熟練主婦の味の足元にも及ばないはず。でも、そこはゲーム補正が効《き》いている。

NPCは、一部の師匠《ししょう》・教官クラスを例外として、スキルをあまり持っていない。特に生産系スキルはその傾向が強く、厨房のおばちゃんたちも、【調理】スキルを持っている人は一人もいなかった。

まあ考えたら、高い能力持ちのNPCが大勢いたら、生産職に就《つ》くプレイヤーなんていなくなってしまう。よって、ゲーム仕様として、NPCにはかなり制限がかかっているようだった。

こんなプレイを現実世界で三日間、ゲーム内時間で九日間も過ごした。

こうなってくると、プレイヤーにNPCと間違われることもしばしば。どうやら、いつも神殿にいるし、常《つね》にNPCと行動を共にしていて、更にNPC並みの地味顔《モブ》をしているせいみたいだ。他にプレイヤーがいない以上、この状況は仕方ないと思っている。

ISAOのゲーム内時間の流れは現実《リアル》時間の三倍速。

現実の一日が、ゲーム内では三日に相当する。基本は次のようになっている。

現実時間24時間＝ゲーム内時間72時間。

ゲーム内は、太陽が出ている昼の時間帯と月が出ている夜の時間帯を、概《おおむ》ね交互に繰り返している。ここら辺は、ゲーム都合全開だ。

でも、ずっとこれで固定ってわけじゃなくて、昼と夜の時間帯が入れ替わったり、全日昼の日や全日夜の日など、イベントに合わせて変則的に変わったりするらしい。

神殿では、夜の時間帯の大半は、NPCは私室に入ってしまって基本的には出てこない。

「夜警」当番だけがその例外で、夜間でも定刻巡回をしている。

街中《まちなか》に出れば、酒場など夜間営業している店もあるし、冒険者ギルドみたいに24時間営業をしている施設もある。

ちなみに、ISAO内には季節の変化はない。基本的にはエリアごとに気候が設定されていて、一年中変わらないそうだ。


「夜警」当番は、当然やった。夜の時間帯って結構長いから、時間を有意義に使ってみた。

【気配察知《さっち》Ⅰ】気配を少し察知しやすくなる。

【暗視Ⅰ】暗いところで少し見やすくなる。

その結果、「夜警」当番で手に入るスキルを二つ、順当に獲得した。残念ながら、どちらもステータス+効果はついていなかったが、狩《か》りの時に重宝しそうなスキルだ。ゲームの仕様上、夜の時間帯の狩りも多くなるから、貰えて良かったと思う。

ちなみに、この二つはフィールドで夜間、狩りをすることでも手に入る。

だから、戦闘系神官職なら、これを目的にわざわざ神殿に来る人はまずいない。既に持っているか、何かのついでに取っていくことがほとんどだ。
同期？　の神官職の人たちは、早々に取得して、既に神殿から去っている。

そしてさらに一週間、ゲーム内では約一カ月半が過ぎた。
［ユーザー名］ユキムラ［種族］人族［職業］司祭（格★★）［レベル］22
［ＨＰ］１３０［ＭＰ］70［ＧＰ］２５０
［ＳＴＲ］30＋25＋【5】＝60［ＶＩＴ］45＋20＝65［ＩＮＴ］35
［ＭＮＤ］95＋15＋【15】＝１２５［ＡＧＩ］20＋35＝55［ＤＥＸ］45
［ＬＵＫ］20＋10＝30　Ｂｏｎｕｓ　Ｐｏｉｎｔ　１０５↓0
スキルはこんな感じだ。
《職業固有スキル》
【戦闘支援】身体強化　精神強化　【結界】結界　範囲結界　【浄化】浄化　範囲浄化
【状態異常治癒《ちゆ》】毒中和　麻痺《まひ》解除　【回復】回復　範囲回復
《スキル》※Ｓ／Ｊスキル空《あ》き枠　2
【ＪＰ祈禱《きとう》Ⅱ】【Ｊ教義理解Ⅰ】ＮＥＷ！　【Ｊ聖典朗読Ⅰ】ＮＥＷ！
【Ｊ聖典模写Ⅰ】ＮＥＷ！　【Ｊ聖水作製Ⅰ】ＮＥＷ！

【P頑健Ⅱ】
【S棒術Ⅱ】突き　打撃　【S生体鑑定Ⅰ】【Sフィールド鑑定Ⅰ】
【速読Ⅱ】【筋力増強Ⅱ】【調理Ⅱ】NEW！　【気配察知Ⅱ】【暗視Ⅱ】【清掃Ⅱ】NEW！
《加護》
【聖神の加護Ⅱ】【井戸妖精の友愛】
《装備》《アクセサリ》1／10
【見習い神官のローブ（初心者装備）】MND＋5　耐久（破壊不可）
【聖典★】MND＋10　耐久（破壊不可）NEW！
【初心者の棒】STR＋5　耐久（破壊不可）

ＢＰは、元の数値が低かったＡＧＩに多めに振ってみた。しばらくソロプレイになる可能性を考えて、ＳＴＲとＶＩＴも多めに増やした。ＭＮＤ、ＬＵＫにも少し振ってある。

位階が上がって「司祭」になったことで、「職業固有スキル」で使える技《アーツ》が増えている。「職業固有スキル」は、スキルレベルの概念がない代わりに、位階が上がると使用できる技が増えていく。スキル効果はどれも消費したＭＮＤ依存だ。

「司祭になる＝見習いは卒業」だからか、「清掃」と「水汲み」「夜警」は免除《めんじょ》され、その代わりに、神殿業務に「聖典模写」と「聖水作製」が追加された。そして、新しい仕事を消化するに伴《ともな》い、職業関連スキル《Jスキル》が二つ生えてきた。
【J聖典模写Ⅰ】DEX+5　MND+5
【J聖水作製Ⅰ】DEX+5　MND+5
さらに、修行の一環《いっかん》として、「聖典原書」という超分厚くもありがたい書物を、毎日「黙読・音読」していたところ、次のスキルが生えてきている。
【J教義理解Ⅰ】INT+5　MND+5
【J聖典朗読Ⅰ】MND+5　LUK+5

その他にも、神殿内で「武術教練」を続けていたら、【S棒術Ⅰ】のレベルが上がり、「司祭」になるまで「水汲み」を続けていた結果、【井戸妖精の応援】は、レベルⅡ相当の加護である【井戸妖精の友愛】に変わっている。

人手不足がたたって、結局、「清掃」にも従事していたので、【清掃Ⅰ】が生えてきて、もれなくレベルⅡになった。

【清掃Ⅱ】DEX+10
さらに【聖神の加護Ⅰ】がⅡに上昇。これは、神殿の各仕事の行動累積や、位階の上昇、【祈禱】のスキルレベルの上昇……などの内、どれかがその条件だったんだろう。

そして装備。

・【聖典★】「司祭」になった際に無料配布。アクセサリ枠に装備できる。
・【初心者の棒】「武術教練」を続けて【棒術Ⅱ】にレベルが上がった際、教官の司教様からプレゼント。

神殿仕様なのか【初心者の棒】は、街のNPCショップで売られているものよりも装飾が格好《かっこう》よかった。簡単だけど授与式みたいなのもあって、これはちょっと照《て》れ臭かった。

正直いって俺のレベルの上がり具合は、これだけ奉仕をしているにも拘《かか》わらず、かなり遅い。フィールドに出ている人たちは、おそらくもうレベル30は越えていると思う。でも、損したわけじゃない。神殿の仕事に集中したことにより、「格★」が順調に上がり、それにより位階が上がって「司祭」になれた。だから、それで良しとしている。まあ、戦闘職の人も、戦闘だけに振り切っているだろうから、差は縮《ちぢ》まらないと思うけど。

俺もそろそろ、フィールドに出てみたいな。

3　フィールドへ

だいぶゲームにも慣れてきたので、いよいよ外へ出てみることにした。もちろんソロだ。

やってきたのは、初心者向けの「東の草原」。

ここには、一五センチ丈《だけ》くらいの青々とした草が、芝生《しばふ》みたいに一面に生《は》えている。ところどころに灌木《かんぼく》の茂みはあるが、なんとも見通しの良い、あまり障害物の置かれていない広い原っぱである。

　このフィールドの適正レベルは10未満。俺の現在のレベルは22。

弱腰じゃないかって？　いやだって仕方ないのよ。神殿のお務《つと》めをして、レベルこそ上がっている。だけど、それ以外はチュートリアルからほぼ変わっていないから。まだ初心者装備だし、当然のことながらお金もない。

　ゲーム開始時に貰《もら》える資金は、３０００Ｇ（1Ｇ＝一〇円くらいだから、約三万円）。神殿にいればお金はかからないが、収入もない。「司教」以上になれば給与が出るらしいけど、今は無給だ。

　一応、武器屋や防具屋も覗《のぞ》いてみたけど、３０００Ｇじゃあ【初心者の棒】以上の武器には手が届かなかった。防具も欲しいのは高くてとても無理。

　ソロだし、この装備じゃあ、レベル相当のフィールドやダンジョンへ行くのはまさに無謀《むぼう》。だから、ここで地道にＧを稼《かせ》いで装備を揃《そろ》える。それが当面の目標だ！　と、改めて気合いを入れ直して狩りを始めた。

　東の草原に出るモンスターは、［角兎《つのうさぎ》］［角袋鼠《つのふくろねずみ》］［角犬鼠《つのいぬねずみ》］と、概《おおむ》ねこの三種類。

　いわゆる兎、カンガルー、プレーリードッグのモンスターになる。この三種類については、冒険者ギルドで採取依頼（※討伐《とうばつ》依頼ではない）が常時出ているので、それらを全《すべ》て受けてきた。おそらく初心者救済のために用意されている依頼だと思う。俺だってフィールド初心者だし、依頼を受けるのはもちろん初めてだから、そこは問題ないはず。

この機会に、これまで全く使用する機会がなかった【S生体鑑定Ⅰ】と、【Sフィールド鑑定Ⅰ】も鍛《きた》えなきゃ。


フィールドには、一見モンスターの姿は見えなかった。早速《さっそく》、【Sフィールド鑑定Ⅰ】を使ってみる。

MPが2減ると同時に……見えてきた。

〈草原〉〈草原〉〈草原〉……の表示の中に、▽（下向き三角）の橙色《だいだいいろ》のアイコンを幾《いく》つか発見。ノンアクティブの敵性反応を示す印《しるし》だ。

その▽のひとつに、姿勢を低くしてそっと近づくと……いた！

これは、角兎かな？

見かけは、普通の兎の五倍くらいの大きさがある。かなりデカい。体毛は白くてフワフワ。そして額《ひたい》には槍《やり》みたいな一本角が。これが結構長くて、三〇センチくらいはありそうだ。ゲーム設定で痛覚は制限しているけど、刺さったらヤバそう。

次に【S生体鑑定Ⅰ】を使用してみた。MP消費2。

〈角兎　レベル１　ＨＰ10／ＭＰ０　状態：健康　草を食べている〉

これなら一撃でいける？

狙《ねら》うのはもちろん急所だ。両手で【初心者の棒】を持ち直す。そして、急所に狙いを定めてスキル技《アーツ》を放った。

【棒術Ⅱ】［突き］

〈ドスッ！〉

棒の先端が勢いよく兎の身体《からだ》にめり込む。肉を打つ、重い手応《てごた》えがしっかりあった。

身体が大きい――つまり、的《まと》が大きくて狙いをつけやすかったから、太い首を狙ったが、この一撃で角兎は地面に伏して動かなくなった。

【S生体鑑定Ⅰ】ＭＰ消費2
〈角兎　レベル1　ＨＰ0／ＭＰ0　状態：死亡〉

……仕留《しと》めたみたいだ。

レベルだけは高くてステータスが上がっているから、一撃で沈んだんだと思う。

そうして観察をしている内に、角兎はキラキラとした光になって宙に消えていく。アイテムボックスをチェックすると、〈兎の皮（小）〉が増えていた。うん、いかにもゲームって感じ。

雑魚《ざこ》モンスターを倒した場合は、通常はこういう風にドロップアイテムを残してすぐに消えてしまう。もし素材を丸ごと欲しいなら、【S解体Ⅰ】あるいは【解体】という「一般スキル」

が必要になる。

【解体】は、「始まりの街」の冒険者ギルドで、「解体訓練」を受けることにより取得できると聞いている。でも、そういった作業には向き不向きがある。それに、スキル取得までに、かなり数をこなさないといけないらしいので、【解体】よりも【S解体Ⅰ】を取る人が主流なんだそうだ。

いずれかの【解体】スキルを持っていると、モンスターの死体は時間が経《た》っても消えずに残る（一部のボス級モンスターを除く）。それを手動で捌《さば》くと、全ての素材が手に入る。それが面倒《めんどう》なら、〈解体ナイフ〉を使用すれば、素材が複数（三～五個）ドロップする。たいていの人は時間の節約を優先して、〈解体ナイフ〉派らしい。

ちょっと素材がもったいない気はするけど、俺は当面はスキルなしでいいや。パーティを組んだ時に、改めて考えればいい。選択スキル枠《わく》は少ない。だから、今は余裕を残しておきたいという気持ちがあった。

実は、「司祭」に上がった際にスキル枠が追加され、S（またはJ）スキルを新たに二つ選べるようになった。でも、今のところそれは保留中。あえて枠を空《あ》けてある。これにはちょっとした事情があるんだけどね。

その後も順調に東の草原のモンスターを倒して、冒険者ギルドに戻った。レベルが少し上がり、素材はそこそこ溜《た》まっている。精算が楽しみだ。

[今日の戦果]（ひとつ当たりの換金相場）

・角兎の皮（１２０Ｇ）×12＝１４４０Ｇ
・角兎の肉（２５０Ｇ）×10＝２５００Ｇ
・角兎の尾（２００Ｇ）×１＝２００Ｇ
・角兎の角（40Ｇ）×３＝１２０Ｇ
・角袋鼠の皮（３００Ｇ）×６＝１８００Ｇ
・角袋鼠の肉（５００Ｇ）×８＝４０００Ｇ
・角袋鼠の角（１００Ｇ）×２＝２００Ｇ
・角犬鼠の皮（20Ｇ）×４＝80Ｇ
・角犬鼠の肉（１００Ｇ）×３＝３００Ｇ
・角犬鼠の角（10Ｇ）×１＝10Ｇ

「合計　１０６５０Ｇになります」

うん、悪くない。こうしてコツコツ稼げば、早いうちに初心者装備から脱却できる……かもしれない。

狩りを終えて「神殿」に戻った。

修行という名の日課を終え、賄《まかな》いの「調理」を始めるまでに、まだ少し時間がある。先ほど事情があると言ったのは、位階が上がって新たにスキルリストの選択肢《し》が増え、それをどうしようかってことだ。

悩んでいるのは、神殿長様からこう打診されているから。

「『施療院《せりょういん》』で奉仕《ほうし》活動をしてみませんか？　大勢の街の住民が、我々を頼って日々神殿を訪れています。尊《とうと》き力を人々に分け与えることで、住民の方々は、神々の存在を身近に感じて信仰は深まります。そして、我々も功徳《くどく》を積むことができます。是非《ぜひ》お考え頂きたい」

「施療院」は、その名称の通り治療施設である。

でも、街中にある施設に、わざわざHPを回復しに来る人なんてまずいない。家や宿屋で安静にしていれば、HPは少しずつ自然回復するからだ。必要になるとすれば、それでは間に合わない大怪我《けが》をした時だけになる。

「毒・麻痺《まひ》」なんかは、たいていフィールドで治してしまう。だから、これもほぼいない。

「呪《のろ》い・魅了」などの上位職で治せる状態異常は、そもそも件数が少ない。

じゃあ、俺に何が求められているかというと、「疾病治療《しっぺい》」だ。

「疾病治療」は、熱が出たとか、体調不良とか、流行病《はやりやまい》にかかったとか、どこか痛いとか、そういった状態を改善したり治したり、症状を軽減したりすることを指す。

プレイヤー相手には、今のところ全く需要《じゆよう》はない。即《すなわ》ち、お客様は全員ＮＰＣになる。

そして、この「疾病治療」を行うのにあたり、新たに枠《わく》を消費するスキルが必要になる。

プレイヤーでこのスキルを取っている人は、俺が知る限りでは一人も見当たらない。神官職であっても、支援系ではなく戦闘系の職業の場合、このスキルはスキルリストに出てこないらしくて、現状では取れる人がそもそも少ないんだって。

どうしようかな。スキル枠は貴重だし、どうせならフィールド向けのスキルが欲しいと思っていた。だけど、こうやって頼られるのも嬉《うれ》しい。

このゲームのＡＩはとても優秀で、アイコンをチェックしなければ、プレイヤーとほぼ判別がつかないくらいにＮＰＣが人っぽい。だから余計に。

……うん、決めた。ポチッと。

ＮＥＷ！【ＪＳ疾病治療Ⅰ】ＭＮＤ＋10　疾病を緩和《かんわ》・治療する。治療効果はＭＮＤ値《ち》・加護・スキルＬＶに依存。（※ＪＳスキル＝職業関連Ｓスキル）

＊

「司祭様、ありがとうございました」

「はい。お大事になさって下さい」

「施療院」はとても混《こ》んでいた。

予想していたよりも、利用するＮＰＣの人数がかなり多くて、一旦《いったん》施療を始めると、なかなか患者が途切れない。

でも、治療後は身体《からだ》が楽になったと言って、みんな凄《すご》く喜んでくれる。それに、重症な患者は神殿長様が施療されるから、俺のところに回ってくるのは軽症者だけになり、患者さんたちの顔に悲愴《ひそう》感はない。

人（ＮＰＣだけど）に感謝される仕事っていいものだね。やってみてそう思った。現実じゃあこう上手《うま》くはいかないだろうけど、ここはゲーム世界だ。こういうゲームの楽しみかたもありだなと思う今日この頃。

「施療院」は、基本的には昼の時間帯にしか開院していない。他にも昼の時間帯にしなければいけない日課や仕事が多いので、ここのところフィールドへは夜の時間帯に行くことにしている。

そして、夜の時間帯には、「東の草原」にも狼《おおかみ》が出る。

ギルドで受ける依頼も、採取依頼じゃなくて討伐依頼になるから、討伐報酬《ほうしゅう》が出る代わりに難易度は昼の時間帯よりも高くなる。まだレベルでゴリ押しが効くから大丈夫だけど、狼は群れで来られると結構相手にするのが大変だった。

その代わり、レベルは上がりやすくなっている。狼は、ちゃんと倒せるなら、経験値的には美味《おい》しい獲物《えもの》だ。そして、俺はまだソロプレイ中だったりする。まごうことなきボッチ状態。

現状では、討伐中心で活動している前衛職《ぜんえい》との固定パーティなんて、とても組めない。というのも、固定パーティは拘束《こうそく》時間が長い上に、たいていは、時間に融通《ゆうずう》の利《き》くメンバーを希望しているからだ。

つまり、神殿の仕事で忙しい俺にはとても務まらないってわけ。

そんな俺は、このところ実によく働いている。これって、神殿のＮＰＣよりも仕事量が多くないか？

……何故《なぜ》こうなった？　と思うこともしばしば。

「司祭様、お願いします」

「はい。次の方どうぞ」

まあでも。一旦引き受けた以上、仕事はちゃんとやるつもりだ。ＮＰＣの患者さんも、だいぶ顔馴染《かおなじ》みになってきたし、みんなの笑顔を見たり、感謝されたりするのはとても嬉しいから。

そして、【ＪＳ疾病治療Ｉ】は、取ってみてわかったが、実はかなり奥の深いスキルだった。

スキルレベルごとに、できることが細かく指定されていて、詳細《しょうさい》はこんな感じだ。

【JS疾病治療Ⅰ】　MND＋10　疾病を緩和・治療する。治療効果はMND値・加護・スキルLVに依存。

①「常跡」技《アーツ》　スキルレベルⅠ―Ⅴ　※効果はMND・GP消費量依存。
【JS疾病治療Ⅰ】「快癒《かいゆ》の光」皮膚《ひふ》・筋骨関節系傷害（いわゆる怪我の治療）
【JS疾病治療Ⅱ】「滅魔《めつま》の光」感染症　←イマココ！
【JS疾病治療Ⅲ】「平癒《へいゆ》の光」慢性疾患（各臓器の慢性障害　脳肝腎肺心・消化管）
【JS疾病治療Ⅳ】「恢復《かいふく》の光」急性疾患（各臓器の急性障害　脳肝腎肺心・消化管）
【JS疾病治療Ⅴ】「還元《かんげん》の光」新生物・悪性腫瘍《しゅよう》除去
②「奇跡」技　スキルレベルⅥ―Ⅹ　※成功率が設定され、クールタイムが発生する。
【JS疾病治療Ⅵ】「全癒《ぜんゆ》の光」重い疾病を対象とし、後遺症を含めて治癒する。
【JS疾病治療Ⅶ】「甦生《そせい》の光」先天異常（機能的障害）
【JS疾病治療Ⅷ】「回転の光」先天異常（器質的障害）
【JS疾病治療Ⅸ】「悠久《ゆうきゅう》の光」加齢を緩和・若返り効果
【JS疾病治療Ⅹ】「蘇生《そせい》の光」疾病により死亡に至《いた》った者を治療し蘇生する。

……いやいや。どう見ても、ⅠからⅩまで、これ全部奇跡だって。

気になったのは、俺が所有する他のスキルと比べて、やけに設定が細かいこと。細か過ぎるくらいだ。

スキル枠を消費するし、JSスキルってみんなこうなのかな？　主にNPC相手に使うスキルに、ここまでの設定を用意する意味は？　もしかして、いずれイベントとかで必要になる？　なんて次々に疑問が浮かぶ。なんらかのイベントのキーとなるスキルだったりして。まさかね。

ISAOなら、そういった伏線《ふくせん》的な仕込みをやらなくもないと思うし、スキルの内容を考えると、遠くない未来に阿鼻《あび》叫喚《きようかん》な状態にならないように祈るだけだ。

特に、「悠久の光」と「蘇生の光」はヤバイ気がする。こんなことができるようになったら、悪役NPC（いるのかどうかは不明）に、拉致《らち》とかされそうだ（……ナイナイ）。

もしそんな事態が起こったとしても、これだけ値段が高いゲームでバッドエンド、さらにキャラロストとかはないはず……だよね？　お願い、ないと言って。万一そうなったら、きっと正義の味方が現れて、何とか解決してくれるに違いない。

だったら……無理してこのスキルのレベルを上げる必要はないかな。うん。このままNPCの求めに応じて、施療を続けていくだけにしておこう。

「司祭様、今日の施療はこれで終了になります。ありがとうございました」

「お疲れ様でした。では、自室に引き上げますね。次回もよろしくお願いします」

神殿の仕事と並行して、地道な狩りも続けている。そして、やっと目標の金額が貯《た》まったので、ついに装備を更新してみた。

・【司祭のローブ】ＭＮＤ＋10　耐久（破壊不可）
・【六尺棒（赤樫《あかがし》）】ＳＴＲ＋15　ＡＧＩ＋５　耐久２００
・【疾風《しっぷう》のブーツ】ＡＧＩ＋30　ＶＩＴ＋10　耐久３００
・【聖典★★】ＭＮＤ＋20　耐久（破壊不可）

新たに購入したのは、武器と靴になる。

【司祭のローブ】は、神殿の「物販所」の商品で、本来は購入しないと手に入らない。【見習い神官のローブ（初心者装備）】と、ＭＮＤ＋５しか補正効果が変わらないので、急ぐ必要はないと購入を見合わせていた。ところが、施療院の仕事を始めるにあたり、仕事着として無料で配布してくれた。得しちゃったよ。

以前から使ってみたかった【六尺棒】は、素材の種類が多くて購入の際にかなり迷った。そして、いろいろ試してみた末に、軽くて扱いやすかった赤樫に落ち着いた。ちょっと贅沢《ぜいたく》なプレイヤーメイドの製品だ。でも、ステータスが上がったら、金属製に更新するかもしれない。

そして、狼対策として是非にと求めたのが、【疾風のブーツ】になる。これもプレイヤーメイド。狼の群れとの多対一の戦闘で、ＡＧＩの大切さがとことん身に染《し》みた。それが、奮発《ふんぱつ》してこれを購入した主な動機になる。値段は高かったけど履《は》きやすく、見た目のデザインも俺の好みに合っている。シンプルだがカッコいい。いい買い物だったと思っている。

最後に、【聖典★★】について。名前の後ろに★がついているから、もしかして……と思っていたら、やはり装備し続けている内に成長した。★が増えると付与《ふよ》効果が増す。成長するアクセサリなんて、お得過ぎるね。これからも大事に使っていこう。

［ユーザー名］ユキムラ［種族］人族［職業］司祭（格★★★）［レベル］31
［HP］150［MP］80［GP］410
［STR］65【装備15】＝80［VIT］65【10】＝75［INT］40
［MND］175【30】＝205［AGI］60【35】＝95［DEX］55
［LUK］40 Bonus Point 0

これが今の俺のステータス。かなりGPが上がってきている。STRとVITは、次の狩場《かりば》に移る前にもう少し上げたいかな。

でもリアルの生活もおろそかにはできないから、ゲームでは他人の動向は気にしない。このまま俺のペースで行けばいいと思っている。「神殿」の日課や仕事にも慣れてきたし、周りはNPCばかりだけど、ここの居心地はとてもいい。

ISAOを買ってよかった。

始めてまだ一カ月弱（リアル時間）なのに、こんなに日々充実しているなんて凄いよ。これからどうなるのか、ますます楽しみだ。


施療院の仕事を始めてから、順調に「格★」が上がっていった。現在、「司祭」（格★★★★）まできている。つまり絶賛リーチ中。もう位階UPは目前だ。

フィールドの方もわりと順調っていうか、かなり順調で……実は、報告がある。

この間、まだソロ活動中だって言ったばかりだけど、その後、いいご縁《えん》に巡《めぐ》り合った。そしてついに、パーティ活動を始めることになりました。もうボッチは卒業さ！


出会いっていうのは意外なところにあるもので、お気に入りの【疾風のブーツ】、これがそのきっかけになった。

【疾風のブーツ】はプレイヤーメイドだ。注文を受けてから作り始めるという、手の込んだオーダーメイド品になる。だから、デザインや性能が良く、自分にぴったり合う代わりに、値段も相応に高い。

購入に当たっては、何回か販売仲介店に通い、製作者である皮革《ひかく》職人さんにも直接会って相談を繰り返した。そうしたら、凄く良い人で俺と気も合って、すぐにフレンドになった。

ある日、そのプレイヤーから、生産仲間と一緒にフィールドに行かないかって誘われたんだ。

「よかったら、今度一緒に狩りに行かないか？」

「狩りですか？　いいですね。ジンさんと二人で？」

「いや。生産メインの生産職だけで、狩り用の臨時パーティを組んでいる。パーティ枠が一人分空いているから、そこにどうかなって」

「神殿業務ばかりやっているので、あまりレベルが高くないですが、俺が混ざっても大丈夫な感じですか？」

「十分っていうか、大歓迎。俺たちも、日頃はみんな生産に勤《いそ》しんでいるから、たぶんレベルは似たり寄ったりだ。役割分担はあるけど、基本的に全員で戦う。薬師《くすし》もいるから、ユキムラ君にばかり支援を押しつけることもしない。のんびり狩りを楽しむにはいいと思うよ。どう？」

　生産職だけの臨時パーティか。話を聞く限りでは、俺にとっては願ってもない話だ。

「是非、よろしくお願いします」

　もちろん、こんな機会は逃さない。即ＯＫだ。

「よかった。パーティ枠が空いていると、変なちょっかいをかけてくる奴《やつ》がいるから、いい人がいないかなってメンバーを探していたところだったんだ」

「変なちょっかい？　そんなことがあるんですか？」

「それがあるんです。メンバーに一人女性がいるから、いろいろとね」

「なるほど。パーティって、そういう心配もあるんですね」

ゲームといっても、人が大勢集まれば、そこには様々な人間関係が発生する。ここまでリアルに近いVR空間でなら、なおさらそれは避けられないだろう。

「あくまでも臨時パーティだから、出入りは自由。リアル都合優先で、気が向けば参加するくらいのスタンスで構わない。今度、みんなを紹介するよ」

そのパーティメンバーは、俺を入れてこの六人になる。

・ジン［皮革職人］剣術
・トオル［細工職人］弓術《きゅうじゅつ》
・キョウカ［裁縫師《さいほうし》］槍術《そうじゅつ》
・アーク［薬師］水魔術　風魔術
・ガイアス［鍛冶師《かじし》］斧術《ふじゅつ》
・ユキムラ［司祭］棒術

見ての通り、だいぶ物理よりだけど、パーティバランスは悪くないんじゃないかな？

薬師の人と役割が被《かぶ》っちゃうのを心配したけど、アークから、魔法のスキルレベルが停滞しているから、狩りでは魔法をブッパしたいって言われて、支援スキルのレベルを上げたい俺にとっては、とてもありがたい話だった。

気のいい人たちばかりで、全員俺より年上だけど、気さくに話しかけてくれる。だから、パーティ活動は楽しくて、時間が合う時は、誘い合ってよく一緒に行くようになった。

なんと、俺以外は全員ベータテスト経験者！　驚きだね。従って、みんなＩＳＡＯのことをよく知っていた。全員が生産職をとても楽しんでいて、快く俺にもいろんな情報や知識を教えてくれる。

……いい人たちに巡り合えてよかった。本当にそう思う。


そうそう、パーティ活動をするようになったから、ひと枠残っていた選択スキル枠に【Ｓ解体Ｉ】を取った。それに併《あわ》せて、解体ナイフも購入。

パーティのみんなには素材を融通する。代金は生産品の現物支給だったり、それで清算しきれないときはお金で貰ったりと様々だ。仲介店の中抜きがない分、かなりお得になる。俺は、素材よりもお金や装備が欲しい派なので、ＷＩＮ《ウィン》－ＷＩＮ《ウィン》の関係ってやつだね。

４　湿地帯

目の前に、暗緑灰色《あんりょくかいしょく》と濃紫色《のうししょく》の斑《まだら》に染まった沼が広がっている。

久し振りに全員が揃《そろ》ったので、冒険者ギルドで「睡蓮沼《すいれんぬま》の調査」っていうパーティクエストを請《う》けて、南の湿地帯にある該当《がいとう》の沼に来ている。

現地に着いて辺《あた》りを見回すと、以前は豊かに茂っていただろう植物は、ことごとく枯れ果てていて、なんとも侘《わび》しい景色だった。睡蓮沼と呼ばれていた面影《おもかげ》は、ほぼ残っていない。

「随分《ずいぶん》と様子が変わっちまったな」

「なんか、色からして汚くなっているし、毒っぽいよね。プクプクと変な気泡まで出てら」

「何が原因でこうなったかね？」

「やばい生き物が住み着いた。それか、やばいモノが投げ込まれた。そんなところか？」

試しに【Sフィールド鑑定Ⅰ】で見てみると、〈睡蓮沼　状態：汚染〉と表示された。

【Sフィールド鑑定Ⅰ】は、なかなかスキルレベルが上がらない。意識して使うようにしているけど、まだレベルはⅠのままだ。

「睡蓮沼　状態：汚染　原因：複合要因　汚染度100％だって」

アークは、【Sフィールド鑑定Ⅱ】を持っている。俺より情報が詳《くわ》しいのはそのせいだ。でも、複合要因って何だ？　うーん。いまだ漠然《ばくぜん》とし過ぎていて、考えても何も思い浮かばない。

「取りあえず採取だね。浅いところと深いところ。何箇所かサンプルを採ろう」

そう言って、アークがアイテムボックスから、準備してきた紐《ひも》付きの採取ビンを幾《いく》つか取り出した。

この「始まりの街」の南西にある湿地帯は、調査クエストの目的地として、わりとポピュラーな場所らしい。周辺地域での採集を兼《か》ねながら依頼を遂行《すいこう》できるため、これまでにも時々依頼を引き受けているそうだ。

周囲を警戒《けいかい》しながら、採取ビンを沼に沈める。そして、そのまましばらく待機。

「もういいかな。ビンを引き上げよう」

アークの合図で、ビンを引っ張り上げるべく、紐を持つ手に力を込めた。

……かなり重い。ずっしりと腕に負荷《ふか》がかったので、さらに力を込める。ペットボトルサイズのビンを引き上げるのに、相当な力が必要だった。

「こっちは持ち上がらないぞ。すごい抵抗だ。重い」

俺と同じく、深い位置にビンを投げ入れたトオルさんが、やはり苦戦していた。自分のビンをアークに回収してもらって、トオルさんの応援に行く。

「ちょっと貸してもらってもいいですか？」

紐を預かって思いっきり力を込める。先程と同じく、何とか引き上げることができた。

「見かけによらず怪力だな」

「加護のおかげです。水汲《く》み限定ですけど」

井戸妖精の加護は、井戸以外の「水汲み」作業にも若干《じやつかん》補正がかかる——という意外な発見があった。

全《すべ》てのビンを回収し終わったので、狩りと採集をしながら冒険者ギルドに戻った。

……ところが、これで一件落着とはいかなかった。

というのも、南の湿地帯にある幾つもの沼が、睡蓮沼と同じように次々と汚染されていったからだ。原因はまだ解明されていない。

そして、いつものように施療院で仕事をしていると、突然アナウンスが響いた。

《ポーン!》
これって、ワールドアナウンス?
《The indomitable spirit of adventure online (ISAO) のユーザーの皆様にお知らせ致します。湿地帯の汚染状況が一定レベルを超えたので、緊急イベント「湿地帯の主《ぬし》を倒せ!」が開始されました》
緊急イベントだって?
《「湿地帯の主を倒せ!」は、レイドクエストです。プレイヤーの皆様は、力を合わせて汚染の原因である湿地帯の主を倒し、汚染された湿地帯を回復させて下さい。イベント詳細《しょうさい》につきましては、「お知らせ」をご参照下さい》
緊急イベント、それもレイドクエストか。緊急イベントは、今までにも何回かあったみたいだけど、パーティ単位で消化できるものばかりだったはず。レイドクエストは、今回が初めてなんじゃないかな？

もちろん俺は、今まで緊急イベントに参加したことはない。「神殿」の仕事が忙しかったのもあるけど、ボッチだったから参加できなかったというのが主な理由だ。

今回はどうしよう。みんなは参加するのかな？

［ユーザー名］ユキムラ［種族］人族［職業］正司教（格★）［レベル］47
［HP］300［MP］170［GP］700
［STR］65【55（装備）】＝120［VIT］95【55】＝150
［INT］55【30】＝85［MND］270【80】＝350
［AGI］65【65】＝130［DEX］75【0】＝75
［LUK］60【10】＝70 Bonus Point 0
《職業固有スキル》
【戦闘支援】身体強化　精神強化　属性強化　【結界】結界　範囲結界　拠点結界
【浄化】浄化　範囲浄化　聖属性付与　【状態異常治癒】毒中和　麻痺《まひ》解除　混乱解除
【回復】回復　範囲回復　持続回復
《スキル》※S／Jスキル空き枠 0

【JP祈禱Ⅲ】【JS疾病治療Ⅲ】【J教義理解Ⅲ】【J聖典朗読Ⅲ】【J説法Ⅰ】

【J聖典模写Ⅲ】【J聖水作製Ⅲ】

【P頑健Ⅱ】【S棒術Ⅲ】突き　打撃　薙《な》ぎ　【S生体鑑定Ⅱ】【Sフィールド鑑定Ⅰ】

【S解体Ⅱ】

【速読Ⅲ】【筋力増強Ⅱ】【調理Ⅲ】【気配察知Ⅱ】【暗視Ⅱ】【清掃Ⅱ】

《加護》【聖神の加護Ⅲ】【井戸妖精の友愛】

《装備》《アクセサリ》2／10
【司教のローブ】NEW！【六尺棒（魔銀）】【疾風《しっぷう》のブーツ】【神官服】NEW！

【魔狼《まろう》の胸当て】NEW！【魔銀《まぎん》のガントレット】NEW！

【聖典★★★】NEW！【慈愛《じあい》の指輪】NEW！

§　§　§

《ISAO運営　企画会議》
「イベント、本当に行きますか？」
「ああ。もう、これ以上の先延《さきの》ばしは無理だろう。現MAPの攻略率から言えば、タイミング的にギリギリだ。これ以上遅くなると、第二陣の受け入れ時期に支障が出る可能性がある」

第二陣の参入スケジュールの遅延《ちえん》は、運営サイドとしてはできる限り避けたい事態だった。

「確かにそれは悩ましいところですが……でも、少ないですよ」

「仕方がない。こんなはずじゃなかったのだが」


ベータテストの結果から、運営側は支援系神官職の人数不足を懸念《けねん》していた。そのため、正式配信に際して大幅にテコ入れしたが、それにも拘《かか》わらず、さほど改善がみられないことが、彼らの今現在の悩みの種《たね》になっていた。

「スケジュールの進行上、今更《いまさら》ボスのすげ替えや修正はできない。とりあえず行ってみるしかないだろうね。対応策も一応は用意してあるわけだし」

「そうだ。なにも初見でクリアする必要はない。あまりにも攻略が滞《とどこお》るなら、その時点で戦力を追加投入すればいい。アイテムでも、お助けNPCでも、なんでもくれてやれ。あれほど修正してもベータと大して変わらないということは、それがユーザーの総意だってことだ」

「技術班、対応策の実装は終わった？」

「はい。既《すで》にNPCの能力切り替えについては、仕込みは終わっています。ついでに、正規ルート用のルートヒントを、鍵《キー》NPCに植えました。追加アイテムの投入については、時期が前倒しになるだけなので、いつでも実装できます」

「優秀、優秀。さすが、手際《てぎわ》がいいな。まだゲーム初動期で不確定要素が多い。どんな事態が起こるかわからないから、今後もその調子で頼む」

「なるべく意に沿えるように頑張ります」

対応策の進捗《しんちょく》具合の確認後は、やはりユーザーの動向に話が戻っていく。

「それにしても、ここまで増えないとは思わなかったな。基本職のひとつじゃないですか、神官って。聖女や教皇なんてパワーワードだし、それなりに人気が出ると思っていました」

「そこはね、ユーザー年齢の平均値《ち》が、事前予想よりも低いせいかもしれない。その影響で、ユーザーの嗜好《しこう》と、想定して用意していたものとのズレが大きくなった。そういうことじゃないか？」

「つまり、ジェネレーションギャップってこと？」

「今時の若者は、男女共にストレス社会の悪影響を受けがちだと聞く。些細《ささい》なことにも過剰《かじょう》に反応したり、攻撃的になったりしやすく、また、少しの努力ですぐに目に見える結果や評価を得たがる傾向も大きくなっているらしい」

「そういったユーザー層にとっては、リアル追求の仕様《しよう》が厳し過ぎたのかな？」

「そうかも。ＶＲゲームの若年ユーザーが求めているのは、あれこれ言ってはいても、基本的には手軽な非日常だっていうしね」

ゲームにリアルさを求める――と言っても、結局それは、ユーザーにとって都合のいいリアルさでしかない。ゲームはあくまでも遊戯《ゆうぎ》であって、どんなに時間をかけようと、どんなに真剣に取り組んだとしても、それは実際の生活とは違う行動感覚を根底に持つ。

特に若いユーザー層は、能力的に、あるいは環境的に、リアル社会では不可能な体験や、社会的・倫理的に規制のかかっている行為を体験したいと望む傾向が強い。そして、現実と見紛《みまが》うような仮想世界——そこで成しえた経験は、あまりにも現実に肉薄した手応《てごた》えがあり過ぎた。それにより、ゲームの中での自分が本来の自分であると、錯覚《さっかく》したがる人も少なからず増えている。そんな分析結果が出ていた。

「しかし、ゲームとはいえ、魔法のようにサクサクと超常能力を使って全てを成しえる——というプレイを楽しむ時期はもう過ぎた。あまりに多くの『俺Ｔｕｅｅｅ《おれつえええ》系』が量産されてきたために、ユーザーは、その手のものには食傷《しょくしょう》気味になってきている」

「実際にそういったものは、売り上げが目に見えて落ち込んでいますしね。似たような商品を後続で売り出しても、ユーザーは手を出さないし、出したとしてもすぐに飽きてしまって定着しない。新たな方向性で展開していく意味はあると思います」

「市場調査でも、そろそろユーザーは、ＶＲに『手応え』と『非日常の中のリアル』の両立を求めていると出ているようです」

「だからこそのＩＳＡＯ、『不屈の冒険魂』だ。最高水準のＶＲ技術を使えるからこそ、限りなくリアルに寄せることができる」

「ユーザーアンケートの集計結果は出た？」

「出ています。こちらになります」

ユーザーアンケートの結果によると、支援系神官職に関するコメントは、厳しいものばかりが目についた。

・清掃・調理・水汲み・夜警が、地味過ぎる。夢がない。
・ゲームの中でまでこんな労働をしたくない。
・支援職だからといって耐え忍ぶ仕事ばかりなのは、トレンドを掴《つか》んでいないし、イメージ力が乏《とぼ》し過ぎるのではないか。
・支援してばかりで殴れないなんて草。融通《ゆうずう》が利《き》かなさすぎる。なんのためのゲームか。

「一時、『俺Ｔｕｅｅｅ系』の『殴り神官』が流行《はや》りましたからね。本来は後衛《こうえい》職である神官が、前衛《ぜんえい》で拳《こぶし》や鈍器《どんき》で闘うという設定は、今でも一部のユーザーに根強い人気があるようです」

「うちのユーザーも、そちらのビルドに流れたと考えるべきか？」

神官職の総数自体は、ベータテスト時と比べて、かなり増えているという喜ばしい結果が出ていた。

　これは、ベータテストで、アイテムの大量消費だけで攻略するのは無理な難易度に設定されていることが判明したことに加えて、正式ゲーム配信に当たって、序盤の職業変更や中級職への転職システムの仕様を変更したことが、効果を上げたと考えられている。

「回復スキルを入手してから非神官の戦闘職に転職する――というケースは、ほぼなくなったね。その代わりに、殴り神官が増えたけど」

「殴り神官は増えました。その方面の派生ルートはやたら踏まれていますよ。神官職のほとんどが野に出ています」

「それは仕方がない面もある。一旦《いったん》前線組から離脱してしまうと、元に戻るのは難しいからな」

「リアル追求の観点から、前線組と支援系・生産系正規ルートの両立は、元々難しいようにしてあるわけですよね？　万能《ばんのう》不在の原則で。派生ルートだけを見れば、プレイヤー数も順当に確保できているし、成功と言ってもよさそうじゃないですか？」

「そうとも言えなくもないが、それにしても、修道院や神殿にいるプレイヤーの数が減り過ぎだ。元々少なかったのが、更《さら》に減っているじゃないか」

　ユーザーの動向調査によれば、神官職のプレイヤーは男女共に、ある程度「職業関連スキル」を得てしまうと、職業訓練施設を利用しなくなるという結果が出ていた。このままだと、正規ルートに進めるプレイヤーが出るかどうか危ぶまれる――という危うげな状況だった。

「やむを得ない。プレイヤーが育たない場合は、正規ルート職のNPCを投入することを検討しよう。今後のゲーム展開を考えると、拡張性が減るからできるだけ避けたい事態だが」

「正規ルートは育成が大変だけど、その分、上位職に進めば進むほど強さが際立つようになるのにね。上級職にまで至《いた》れば、その差はハッキリする。非公開の情報だけど、勘《かん》がいいプレイヤーなら、そろそろそのことに気づいてもいいと思うけど」

「ユーザーがいずれそれに気づけば、正規ルートも増えていくだろう。それは第二陣、いや第三陣以降に期待だな」

「そうですね。では、このイベントはこの日程で開催決定と致します。実施詳細は班会議で詰め次第《しだい》、報告を上げます。では、次は生産レシピの追加投入についての議題になります」

「こちらのグラフをご覧《らん》下さい。生産職のスキル育成の進捗《しんちょく》状況を表しています。先ほどの話題とも関連しますが、前線組における支援不足を補うために、バフ料理の需要《じゅよう》がかなり増しています。その結果、料理人の育成が進み、レシピの獲得状況も著《いちじる》しく進展致しました」

「なるほど、そうきましたか」

廃《すた》れるものがある一方で、このように発展している分野も存在していた。

「はい。ユーザーアンケートでも、レシピ数の追加に加えて、食材の追加を望む声が数多く寄せられています。レイドクエスト終了後に追加予定のレシピや食材は、既《すで》に実装準備ができていますが、こういった要望に合わせて、今後さらにバリエーションの追加が必要かと思われます」

「レシピの自動ネーミング機能の評判はどう？」

「それが、あまりよろしくありません。一般スキル・Sスキル共に、シンプル過ぎる、つまらない、捻《ひね》りが足りない、センスがない、といったご意見が多いです」

「ふーん。難しいな。【調理】は、一般スキル取得者の割合が多い。かといって、Sスキルと差別化する必要があるから、あまり機能を増やすわけにもいかないか」

「Sスキルは自分で自由に名付けができるから、自動ネーミング機能はそれほど使われていないのよね？　だったら、Sと一般のデータベースを一緒にしちゃって、使える語彙《ごい》数を増やしたらどうかしら？」

「今後の修正しやすさを考えると、データベースの共通化はいいかもしれませんね」

「悪くないな。共通化、さらに登録語彙数の大幅な追加は可能かね？」

「はい。比較的早く対応できると思います」

「では、その方向でよろしく頼む。他の生産職についてはどうだ？」

「その他の生産職につきましては、こちらのグラフを……」

5　掲示板①

【緊急レイドイベント】湿地帯の主ってなんぞや？【Part1】

1. 名無し

The indomitable spirit of adventure online（ISAO）攻略スレ
緊急イベント「湿地帯の主」専用
荒らしはスルー。特定プレイヤーへの粘着・誹謗中傷禁止。マナー厳守
次スレは **>>950**

【関連スレ】「南の沼が腐ってる？　南エリアの異変について」
http://***************

2. 名無し

>>1　スレ建て乙

3. 名無し

>>1 乙です
いきなり始まったな

4. 名無し

緊急かつ初レイドだとよ

5. 名無し

湿地帯かよ、面倒くせえな

6. 名無し

>>5　水耐性装備とか毒対策のアイテムとか、要るもの多すぎ

7. 名無し

金欠なのに初回から消耗戦とはいやらしいな。ISAOらしいけどw

8. 名無し

生産職が参加したレイドチームができるだろうから
それに入れば何とかなるんじゃね？

102. 名無し

レイドっていうと思い出すな

103. 名無し

ああ。あれは参ったよな

104. 名無し

なに？

105. 名無し

ベータのラストの教訓は生かされんのかね？

106. 名無し

あんまり状況は変わっていないような気がするのは俺だけ？

107. 名無し

>>102—106　そこを詳しく
ワイ正式配信からの参加組だから意味不明

108. 名無し

いったいベータで何があった？

132. 名無し

つまり圧倒的支援不足に陥って、レイドボス未討伐のままベータ終了

133. 名無し

>>129-132　説明乙　お前ら親切

134. 名無し

で、実際に支援職人ってどこにいるの？　会ったことないけど
神官職の知り合いはいるけど、撲殺脳筋ばっかりだ

135. 名無し

>>134　神官職自体はベータの時より増えているらしい
でも全体から見ると、やっぱりかなり少ないな
特に支援職は激レア

136. 名無し

>>134　攻略サイト参照
ベータ時代の不遇っぷりが強烈過ぎて
正式ゲームでは職業変えた奴が多数

137. 名無し

仕様が改善されても、ゲーム序盤はやっぱり
寄生っぽくなっちゃうから人気ないよね

209. 親衛隊長

>>206　いるところにはいるぞ!　純真な尊き支援職が

210. 名無し

出たよw
親衛隊長さんじゃないですか

211. 名無し

もう出てきやがったw

212. 名無し

「聖女」ちゃん元気してる?

213. 名無し

いたね、そんな人

214. 名無し

>>212　君、口には気をつけたまえ!
「聖女様」、100歩譲って「聖女さん」とお呼びするべし!

215. 名無し

>>214　この人だれ?

216. 名無し

親衛隊長さんってば暇なの?
緊急イベントなのに、こんなところにいていいわけ?
今頃、聖女様が親衛隊長さんを捜しているかもよ

217. 名無し

そうだよ!　聖女様に会いに行ってきなよ!
早く行かないと、他の人がどっぷりがっつり親身に相談に乗っちゃうよ

218. 親衛隊長

言われなくてもそうする
では皆の者、聖女様の説得は我にお任せあれ!
さらばだ!

236. 名無し

逝ったか?　もういいか?

237. 名無し

逝ったwww　出現→即、追い払い成功かよ

238. 名無し

結局、聖女ちゃんって何者?　かわいい?

239. 名無し

>>238 「修道院」に住んでいる女寄生プレイヤー
親衛隊（寄生を尊ぶ変態）付き
かわいいっていうより美人（アバタークオリティ）

240. 名無し

「修道院」って住めるの?　知らなかった

241. 名無し

>>240　女の神官職は住める
男は別で「神殿」行きになる
ちょろっと奉仕すれば、飯付き・宿付きで、経験値もそれ相応に貰えるらしい
神官職、特に支援職人を増やしたい運営の思惑が露骨に出ている

242. 名無し

なんで男女別?? それ誰得だよ!
支援職が増えなかったのって、そのせいなんじゃないの?

243. 名無し

でもさ、そこに住んでいるってことは
「聖女」ちゃんって結構期待できるんじゃ?

244. 名無し

寄生しているからレベルはわりと高いはずで、60は超えていると思う
装備もそれ相応に揃えてるはずだ
なんたってたっぷり貢がれているからな
でもダメだ

245. 名無し

なんで?

246. 名無し

>>245 ヒント「位階」が残念

247. 名無し

>>245 ヒント まだ「司祭」いや女だから「祭司」か
紛らわしいよな、これ

248. 名無し

つまり、まだ下位職なのか!

249. 名無し

マジ?　レベル60超えているのになんで?

250. 名無し

一言でいえば仕様のせい
支援系神官職の「格★」は、戦闘行動ではまず上がらない
支援行動を細かく積んでいくか
修道院（あるいは神殿）での奉仕活動を地道に続けるしかない

251. 名無し

つまり純粋な戦闘職に比べて
フィールドで「格★」が上がりにくいってこと

252. 名無し

さらに聖女ちゃん、寄生だからw

253. 名無し

察しw

254. 名無し

お察しwww

6　緊急イベント

前線組による索敵《さくてき》調査の結果が公表された。緊急イベント開始のアナウンス以降、湿地帯の奥深くにある「龍《りゅう》が淵《ふち》」を中心に、レイド関連モンスターが多数湧《わ》いていることが判明した。

「龍が淵」か。

いかにも何か大物《レイドボス》がいそうな地名だよな。

今回のレイドに関して、生産パーティのみんなはどうするのかって聞いてみた。そうしたら、早くも前線組の知り合いに後方支援を頼まれていて、全面的にバックアップをすることになりそうだって返事が返ってきた。このゲーム、レイド参加枠《わく》の中に、後方支援枠がちゃんと用意されているんだって。

一緒に参加しないかって、俺にも声をかけてくれたけど、みんなが後方支援に行ってしまうのが、俺的にはちょっとネックだった。俺だけボッチで戦闘に参加するのは、どうかなって思ったから。またそれとは別に、神殿の仕事が忙しかったのもある。残念だけど、緊急イベントへの参加は見合わせることにした。

噂《うわさ》で聞いたところによると、緊急イベントには「修道院の聖女」って呼ばれている有名な支援職のプレイヤーが参加するらしいので、俺なんかはきっとお呼びじゃない。

それにしても、「聖女」だって！

それって、あだ名？　それともまさかの位階なのかな？　位階だとしたら凄い。「聖女」って、どうやら大司教様よりずっと上に位置する位階らしいから。

その「聖女」が所属しているのは、「神聖騎士団」という前線組に近い立ち位置の大きなクランらしい。最前線組は既《すで》にレベル80を超えている（凄い！）と聞いているから、それより少し下っていうと、「聖女」もレベル70とかあるのかもしれない。まさに雲上人《うんじょうびと》だね。

前線で闘う神官っていうのには凄く憧《あこが》れるけど、俺には俺のゲームの楽しみ方があるってわかったし、現状にも不満はない。け、決して負け惜《お》しみなんかじゃないからな！

§　§　§

《冒険者ギルド会議室》

会議室には、レイド攻略の話し合いのために、参加予定の数多くのプレイヤーが集まっていた。その内訳は、戦闘系の大手及び中堅クランの代表者たちと、各生産ギルドの代表者である。

「さて、皆さんお揃《そろ》いのようなので、早速《さっそく》話し合いを始めたいと思います。司会進行は、不《ふ》肖《しょう》ながら私、『黒曜団《こくようだん》』クランマスターであるレオンが務《つと》めさせて頂きます」

ベータテスト時代から攻略方面を牽引《けんいん》していたクランの面々が、今回も率先《そっせん》して動いていた。

「最初に、湿地帯の調査報告を、情報クラン『賢者《けんじゃ》の集《つど》い』のクランマスター、ハルさんにお願いします」

「皆さん、こんにちは。只今《ただいま》ご紹介にあずかりました、ハルと申します。まずはお手元の資料をご覧《らん》下さい」

「つまりレイドボスは、十中八九、ドラゴンゾンビあるいはその近縁種。取り巻きもおそらくアンデッド系で、雑魚《ざこ》モンスターは水系毒・麻痺《まひ》持ちになるわけか」

「となると、ベータのリベンジマッチってとこですかね」

「さすがに、あのまんまじゃあないだろうけどな。プレイヤーのレベルも当時よりだいぶ上がっているし、装備も数段向上している。それなりに敵も強化してくると見るべきだろう」

ベータ時代の最後にもあった湿地帯レイド。今回のレイドイベントは、ベータテストの締め括《くく》りとして発生したそのイベントを、いかにも彷彿《ほうふつ》とさせるものだった。

「これはまた状態異常対策が面倒《めんどう》臭いな」

「装備に耐性をつけるにしても、状態異常は完全には防げない。大量の『毒消し・痺《しび》れ消し』が必要になる」

「持続ダメージをかなり食らうはずだから、『回復薬』も潤沢《じゅんたく》に用意した方がいいよ」

「今回も、ボスと取り巻き対策に、生産職の協力は必要不可欠になる。武器・防具に火属性・光属性の付与《ふよ》、投擲《とうてき》アイテムの作製、魔術師用の『MP回復薬』。ドラゴンならブレス対策も重要になってくる」

「あと『聖水』の準備もね。『聖水』は終盤にどれだけ消費するかわからないから、これも大量に確保する必要があるわ」

「聖水は、修道院や神殿で購入する以外に、神官さんたちも作れたよな？」

イベント対策に必要な物品が、各方面から次々とあげられていく。

支援系神官職の少なかったベータテストでは、生産組の多大なる協力の下《もと》、大規模な物量作戦が展開された。そして無念にも失敗。今回はそのときの経験を踏まえ、さらに周到《しゅうとう》な準備がなされようとしていた。

「司祭以上なら、確か【聖水作製】というスキルで『聖水』を作れるはずです。ただし、修道院産や神殿産の方が、効果が高いと聞いています。特に、最近神殿で売り出され始めた『上級聖水』は強力だそうです」

「『上級聖水』？　なにそれ初耳。売っているのは神殿だけなの？　修道院は？」

「今のところ、修道院では販売していません。念のため、修道院にいるプレイヤーに確認しましたが、そもそも作っていないそうです」

「では、『上級聖水』は神殿で購入するしかないか。あまり出回っていないアイテムのようだから、買い占め禁止を周知した上で、どのくらい調達できるのか確認することにしよう」

アンデッド対策として必須《ひっす》の「聖水」は、神官系Jスキルで作製する以外に、修道院や神殿の物販所でも購入することができる。

品質にばらつきのあるプレイヤーメイドに比べて、物販所の製品は品質が保証され、より安定した効果が得られるが、その供給量には限りがあった。

「フレが神殿にいるから、可能な供給量を調べてもらいましょうか？」

「おう、よろしく。そのフレンドさんは、レイドには参加しないの？」

「声をかけましたが、今回は参加しないみたいです。いつも忙しい人なので」

「リアル事情か？　それは残念だが、調査だけでもお願いできるかな？　調べてほしいのは、『聖水』の購入可能数、特に『上級聖水』について。値段と、一括《いっかつ》購入で割引きがきくかどうか。なるべく早く返事を貰《もら》えるとありがたい」

「了解しました」

「じゃあ後は、生産職同士で生産品の分担の話し合いをしてもらいたい。部屋はそのまま使ってくれて構わない。戦闘組は、早速素材の確保へ。さっき決めた班分けに従って行動を開始してくれ。報告はゲーム内メールで情報ギルドの担当者まで。忘れずに頼む」

「では、一旦《いったん》解散」

こうして、緊急イベント「湿地帯の主を倒せ！」の初回討伐《とうばつ》部隊は、多数のプレイヤーを巻き込んで始動したのである。

§　§　§

ん？　お知らせ？　いや違うな。フレンドからメールが届いたみたいだ。

《ユキムラさん、こんにちは。キョウカです。

お忙しいところすみません。今回の緊急イベント関係で、神殿の販売している物品について調べて頂きたいことがあります。お願いできますでしょうか？

具体的には、
・聖水の販売可能個数・値段
・上級聖水の販売個数・値段
・上記物品を、まとまった個数を一括購入した場合、割引きがきくかどうか。
以上です。おわかりになる範囲で結構ですので、手が空《あ》いた時にでも調べて頂けると、大変ありがたいです》
《ピコン！》
《はい、いいですよ。いつまでにお知らせすればよいですか？》
《ありがとうございます。なるべく早くとは言われましたが、レイドイベントに参加しないユ

キムラさんに無理を申し上げるのは恐縮なので、ユキムラさんのご都合で大丈夫です》
《わかりました。聖水販売担当者に直接聞いてみますので、わかり次第《しだい》、メールでお知らせしますね》
《はい。よろしくお願いします。
ところで話は変わりますが、先日お話ししていた布がとうとう手に入りました。
「シルバースパイダーシルク」で織った上質な生地《きじ》で、試しに聖水を使って地直しをしてみたら、それだけでMND+がつきました。聖属性とかなり相性が良さそうです。
神官服を試作した時と同様に、また生地に聖属性の付与をお願いしても宜《よろ》しいでしょうか？
今度はもっと気合いを入れた、上質の神官服を作ってみせます。デザインはもう決まっているので、あとは布だけなんです。ご都合のよい日をお知らせ頂ければ幸いです。
P．S．聖属性付与って金属製武器にもできますか？》

キョウカさん、凄い意気込みだな。

今、俺が着ている神官服は、キョウカさんの手作り品だ。いろいろ試行錯誤の末に聖属性の付与に成功し、MND+がついている。でも、+5が精一杯《せいいっぱい》だった。

布の服だからVIT+5なのは仕方がないにしても、MND+が二桁《けた》いかなかったっていうのは、生産者としてはとても悔《くや》しかったみたいだ。だから、改良品を製作したい、その際は協力してほしいと、以前から頼まれていた。協力するのは全然構わない。だって俺の装備だし。でも、デザインはもう決まっているって言っていた……それが、ちょっと不安。

この神官服を作ったとき、最初にキョウカさんに見せてもらったデザイン画は、装飾が多くてとても豪華《ごうか》で、華《はな》やかさ満載でキラキラしていた。

似合う人が着れば、それはそれは典雅《てんが》な聖職者の出来上がり——だったと思うけど、なにしろ着るのは、モブNPCに馴染《なじ》みまくっているこの俺だ。

だから、せっかく用意してもらって申し訳なかったけど、よりシンプルに、できるだけシンプルにして下さいって頼み込んで、大幅にデザインを変えてもらったっていう経緯《いきさつ》がある。結果、カッコいい軍服（誰でも似合う）みたいな仕上がりで、俺的には大正解だったと思っている。

地味顔の俺にキラキラは無理だって。じゃあ、顔が派手《はで》ならいいのかって言うと、そういうわけでもない。例《たと》えば、現実世界の俺の顔なら？　なんてイメージしてみる。

……うん、やっぱり無理です。客観的にはどう見えるのかわからないけど、俺の心が非常に落ち着かないから、主観的にやっぱり無理。せっかく素敵《すてき》な服を着ても、俺の立ち居振る舞いじゃあ、インチキ占《うらな》い師みたいになりそうだ。

それにしても、レイドイベントには直接参加しなくても、こうして陰《かげ》ながら協力できるのは嬉《うれ》しいかも。だって、聖水を作っているのは主に俺だから。

大司教様を除けば、この神殿の司教クラス以下助祭の中では、俺が一番MNDが高い。それもダントツに高い。最初は一本一本ちびちびと作っていた聖水も、まとめて一気にGPを込めて作るという方法を発見してからは、大量生産が可能になっている。

そして、今は全部そのやり方で作るようになった。だって、その方が効率が良くて、作業が早く済むことがわかったから。まとめて作った聖水を小ビンに詰めるだけなら、神官見習いの子供たちでもできる。実際、聖水のビン詰め作業は、とても人気があるそうだ。楽だからね。それに水遊びっぽくて楽しいみたい。作業しているのは、俺以外は全員NPCだけど。

そんな風に、聖水をまとめて作れないかと試していたとき、加減がわからなくて思いっきり気合い――つまりGPを大量に込めて聖水を作ったところ、「上級聖水」っていうアイテムが偶然できてしまった。新しいレシピってやつだ。できたからには、そもそもが隠れ仕様《しよう》だったはずだけどね。うん。こういうところは、まさにゲーム的。ポンってできちゃう。

でも、上級聖水を見た大司教様とか聖水販売担当の司教様が、なんだか凄く興奮《こうふん》して、ぼったく……いや、より高く売れるって喜んでくれた。もしかしてお金に困っているのかな？　NPCなのに？

そして、あんなに高いアイテムを誰が買うのかな～なんて思っていたけど、やった、売れるみたい。これもレイドイベント様々だ。需要《じゅよう》を作ってくれた運営の人たち、ありがとう！

あ、友達価格が可能か聞いてみなきゃ。

《生産ギルド》

「ユキムラさんから返事がきたわ。通常の聖水は、百本まとめて買うと十本のおまけ付き。上級聖水は、二十本買うと一本おまけで付けてくれるって」

「一本いくらだっけ？」

「通常の聖水は一本２００Ｇ、上級は一本２０００Ｇね」

「上級聖水は十倍の値段か。随分《ずいぶん》と高いな。まあ、効果を考えたら仕方ないのかな？」

「今のところ、このアイテムは神殿でしか売っていないしね。注文する量にもよるけど、本数はかなり確保できるみたい。よかったわ」

「それなら、通常の聖水は修道院からも買えるから、神殿には主に上級聖水を注文するのがいいかもしれないな。修道院にも値引きを打診中みたいだから」

レイド討伐隊がユキムラに頼んでいた用件は、聖水に関する調査の他にもうひとつあった。

金属への聖属性付与である。その可否がレイド攻略の要《かなめ》となる可能性があるだけに、鍛冶師《かじし》たちの熱い期待が寄せられていたのである。

「聖属性の付与の方はどうだって？」

「武器に対してはまだわからないけど、神殿で普段使用している食器に試したら、付与できたそうよ。小さなスプーンとはいえ、聖属性をつけられたのは凄いわ」

「ほぅ。食器にはできたのか、そりゃ朗報《ろうほう》だ。これで武器や防具にも付与できる可能性が出てきた。もし金属製武器に聖属性がついたら、レイドの成功率はだいぶ上がるぞ」

「今度こそなんとかしたいよな」

ベータテストの時には作製できなかった「聖属性付与武器」。アンデッド系モンスターに対して特効になる、そういった武器の生産を望む声は、今回のレイドでも当然多かった。だが残念ながら、まだ作製に成功した者は現れていない。

「聖属性付与のお試し用の武器をいくつか見繕《みつくろ》ってもらえる？　壊れてもいいやつ。ユキムラさんに渡してくるわ」

「おう。ついでに、銀・鉄・鋼の地金《インゴット》も持って行ってくれるか？　武器に直接聖属性をつけられなくても、地金にはつくかもしれない。いきなり上手《うま》くいくとは思わないが、まずは試さないとな。なにしろ食器にはついたんだから、やってみる価値はある」

「いよいよ聖属性を付与した武器の作製に展望が開けるかもな」

「そうね。ついでに、布や糸にもお願いしちゃおうかしら。それと、裁縫《さいほう》道具につくかどうかを試してもらうのもありかもしれないわね」

「おいおい、人使い……いや、ユキムラ使いが荒いんじゃないの？　いいのか？　せっかく上げた好感度が下がっちゃうかもしれないぞ」

「んもう！　ユキムラさんはNPCじゃないのよ。好感度ってなによ。それに、彼はそんなことで人を嫌ったりしないわ。とっても懐《ふところ》が深い人だもの。あ・な・た・と違ってね！」

「ひでぇ。俺ほど心の広い奴《やつ》はなかなかいないって、案外評判なんだぞ」

「それって誰に？」

「もちろん彼女だよ」

「えーっ。マジっすか？　ガイさん、彼女いるんすか？　その顔で！」

いかにも鍛冶師らしく、いかつい容貌《ようぼう》のガイを周囲がからかう。

「これはアバターだっちゅうの。実物の俺は、この十倍はかっこいい！　それに彼女は……嘘《うそ》に決まってんだろ。そこまで言わせんじゃねえよ。そのくらい察しろ！」

「十倍じゃ、今とあんまり変わらないんじゃ」

「うるせぇ！　遊んでいないで、さっさと作業に戻りやがれ！」

「へーい」

§　§　§

《神聖騎士団》
「始まりの街」の中心部近くにある大きな宿。赤茶色の煉瓦《れんが》造《づく》りの外壁に青々とした蔦《つた》が這《は》う、この辺《あた》りでは一際目《ひときわめ》を引く洒落《しゃれ》た宿屋である。

その一室の扉をノックする騎士姿のプレイヤーがいた。彼は先ほど、冒険者ギルドで開かれていた会合から帰ってきたところだった。


〈コンコン!〉

「聖女様、入ってもよろしいですか? グレンです」

「グレンさん? どうぞ、中に入っていらして」


「……それで、会議はいかがでした?」

「概《おおむ》ね予想通りです。ベータのラスボスを上方修正したもので、間違いなさそうです」

「そう。運営にしてみれば、労力を省《はぶ》けて都合が良いのでしょうね。それにしても、今回のイベントは始まる時期が遅すぎたわ。そう思わない?」

ベータテストのデータの使い回しではないか。そんな憶測《おくそく》を呼んでいる今回の緊急イベントだったが、発生のタイミングがベータテストに比べてかなり遅く、疑問の声も上がっていた。

「ですね。ベータでの平均プレイヤーレベルが40—50。今回は60—80。それに合わせて、敵も相当強化されてくると思います。周りも皆同じ意見でした」

「強化ねぇ。結局最後まで倒せなかったのに、それってどうなのかしら? 正式配信での支援

職に対するテコ入れも、効果があったとは言えないのに」

「その点では、相当期待されているようですよ、聖女様は」

そう告げられて、周囲から聖女と呼ばれている彼女は、わずかに柳眉《りゅうび》をひそめた。

「そもそも聖女じゃないし、なる気もないわ。勝手に期待されても困るのよね。それでも、ベータと同じような時期にレイドイベントが始まるなら、全面的に協力するつもりだったのに」

「ここまで時期がずれるとは、さすがに予想外です」

「レイドにタイミングが合うようにって、苦労してスキルレベルを調整していたら、全然予定通りにいかない。転職の準備をしているこちらとしては、本当に大迷惑よ」

「確かに予定は少なからず狂いましたね」

「いくらなんでも遅すぎるわ。もう待てなくてルート変更の準備を進めてしまっているし、やっぱりやりますとか言われても、今更《いまさら》な感じね」

「神聖騎士団」は、神官職を数多く抱えた珍《めずら》しい構成のクランである。愛称で「聖女」と呼ばれている女性プレイヤーの取り巻きとされる「聖女親衛隊」の存在。それが周囲の注目を集め、プレイヤー間で取り沙汰《ざた》されることも多かった。

そして、数少ない支援職のプレイヤーを抱える集団として、こうした協力戦では、補佐的な役割を期待されるのが常《つね》であった。しかし、そこに所属するプレイヤーにも、それぞれの思惑《おもわく》がある。どんなに期待されようとも、ゲームスタイルの選択まで、他人の意向に沿わせるつもりは全くなかったのである。


「修道院の人材はどうですか？」

「それがいないのよ。カタリナっていう支援職の正規ルートの子が一人いるだけ。でも彼女、全然フィールドに出て行かないの。だから、レベルが全く足りていないわ」

「育成してみては？　サポートメンバーなら融通《ゆうずう》しますよ」

「そう思って誘っても、フィールドには興味ないって言って来ないのよ。パワーレベリングにも否定的なようだし、ログインも不定期。あれは無理ね。神殿には人はいそう？」

「神殿の住人になっているプレイヤーが一人いるようです。会合でも話題に出ましたが、今回のイベントには参加しないとか」

　相変わらずの支援職不足。それは誰の目にも明らかだった。しかし、今から新規に育成を始めたとしても、到底《とうてい》イベントには間に合いそうにない。

「そう。やっぱり支援職がいないじゃない。第一陣全体で七千人もプレイヤーがいて、正規ルートの支援職が神殿と修道院に一人ずつしかいないなんて、ベータの教訓が全く生かされていないわよね」

「多少緩和されたとはいえ、支援職の不遇ぶりは相変わらずと言ってもいいでしょう。聖女様も途中リタイアするほどですしね」

「私は元から派生ルート狙《ねら》いよ。知っているくせに。正規ルートの支援職が増えないのは、ポンコツな仕様のせい。ジョブ縛《しば》りが厳し過ぎだわ。娯楽《ごらく》のためにやっているゲームの中で、地味な奉仕《ほうし》活動を延々《えんえん》と続けるなんて、いったいどこに魅力があるの？　ここの運営の考え方って、本当に不思議だわ」

「そこは同感です」

「炊事《すいじ》に掃除、水汲《く》み。ログインするたびにそれじゃあ、まるでシンデレラよ。それに聖典模写もどうかと思うわ。ひたすらお堅い文章を書き写すだけなんて、喜んでやる人がいると思っているのかしら？　小学生の頃にやった漢字書き取りを思い出しちゃったわ」

「そんなあなたに誠に申し上げにくいのですが、『聖水作製』をしてくれないかと、攻略チームから打診されました」

「それは無理よ。断ってもらえる？　もうスキルの調整が最終段階手前まで進んでいるから、これ以上、予定外の無駄なJスキルは使えないわ」

「ほう。いよいよ転職ですか」

「このまま、ルート派生のキーになるスキルを使い続けたあと、『職業固有スキル』を使って『格★』が上がれば、転職対象の派生ルートが出てくるはず」

「それは楽しみですね。では、聖水の件はお断りしておきます。私は早速狩りに出かけますので、名残《なごり》惜《お》しいですが、このへんで失礼します」

そう言ってグレンは話を打ち切り、椅子《いす》から忙《せわ》しなく立ち上がった。

「あら、せっかちね。もう少しゆっくりしていけばいいのに」

「ノルマが結構多いのですよ。今回も大量物量作戦が基本ですから」

「毒・麻痺に加えて、アンデッドだと衰弱《すいじゃく》もつくものね。売っている側から言うのもなんだけど、聖水って結構いいお値段だし」

「GP回復薬が存在しないですから、やむを得ないです。その代わりと思えば、決して高くはないと思いますよ。そうそう、聖水の一括購入で、割引がきくかどうかを修道院に確認してほしいそうです」

「そう、その件については聞いておくわ」

「よろしくお願いします」

「あなたも、狩りをよろしくね」

「ははっ、ほどほどに頑張りますよ。親衛隊は、レイドが終わったら解散でしょうから」

「そうね。もう必要ないもの」

「まあ、クランは残すつもりですけどね。『聖女』の次は、『美魔女』のお姉さんとかどうですか？　新たなファン層を獲得《かくとく》できるかもしれませんよ」

「もうクランは十分大きくなったから、人集めのカリスマは必要ないでしょ。私もメンバーの一員として、普通にやるわ、普通に」

「そうですか。正直、ちょっと残念です。『美魔女』も、貴女《あなた》にとってもよくお似合いだと思うのですが」

「イメチェンは当然するつもり。でも、方向性が違うから。『聖女』がいなくなっても、団長の人徳でクランは安泰《あんたい》。あなた、だいぶ懐《なつ》かれているじゃない」

「いい人材が多いのは確かです。ありがたいことですね。では、行ってきます」

「私は修道院に戻るから、聖水の件についてはメールで報告するわ。じゃあまたね」

［ユーザー名］ユリア［種族］人族［職業］祭司（格★★★★）［レベル］61
［HP］300［MP］400［GP］400
［STR］10【10】＝20［VIT］115【35】＝150
［INT］145【55】＝200［MND］145【55】＝200
［AGI］45【35】＝80［DEX］120【0】＝120
［LUK］50【10】＝60 Bonus Point 0
《職業固有スキル》
【戦闘支援】身体強化　精神強化【結界】結界　範囲結界
【浄化】浄化　範囲浄化【状態異常治癒】毒中和　麻痺解除
【回復】回復　範囲回復

《スキル》
【JP祈禱《きとう》Ⅱ】【J教義理解Ⅱ】【J聖典朗読Ⅱ】【J聖典模写Ⅰ】【J聖水作製Ⅱ】
【P魔力操作Ⅱ】
【S杖術《じょうじゅつ》Ⅰ】【S火魔法Ⅱ】【S風魔法Ⅱ】【S歌唱Ⅱ】【S　MP回復上昇Ⅱ】
【速読Ⅲ】【清掃Ⅲ】【保育Ⅱ】
《装備・アクセサリ》
【祭司のローブ】【魔狼《まろう》のブーツ】【修道服】【魔狼の胸当て】【魔樫《まがし》の杖《つえ》】
【聖典★★】【魔銀のブレスレット】【慈愛《じあい》の指輪】

※参考　支援系神官職（女性）の「位階」と「格★」（正規ルート）
下位職　①修練女★★★★★　②祭司★★★★★
中級職　③主教★★★　④大主教★★★
上級職　⑤首座大主教★★　⑥総大主教★★
最上級職　⑦聖女★　⑧教皇★

7　掲示板②

【転職】ルートを探す旅【Part5】

1. 名無し

The indomitable spirit of adventure online（ISAO）攻略スレ
転職ルート全般について語り合いましょう。
荒らしはスルー。特定プレイヤーへの粘着・誹謗中傷禁止。マナー厳守。
雑談は『雑談掲示板』へ　http://*****************
次スレは **>>950**
前スレ【転職】ルートを探す旅【Part4】 http://*****************

117. 名無し

>>113　それで結局、聖騎士にはなれそうなのか?

118. 名無し

無理め。なれる方法を教えてエロい人

119. 名無し

なっちゃった人!　ここにいないの?

120. 名無し

orz……違う。違うんだ。こんなはずじゃなかったのに

121. 名無し

いきなりどうした?　ここに来たってことは転職の失敗か?

122. 名無し

>>120
さあ、なにがあったか話せ。吐け、吐いてすっきりしろよ

123. 名無し

おうっふ……じゃあ言う
聖騎士を目指して失敗したワイの話

124. 名無し

それは是非聞きたい
どうやってどうなったの?

125. 名無し

最初は助祭で始めて、すぐに盾と剣で武装した
闘っては回復しをエンドレスで繰り返す
それでやっと司祭★★★★★になって、
職業選択リストに出てきた中級職が orz

126. 名無し

何が出てきた?

127. 名無し

「野伏」なんでやねん

128. 名無し

>>127　それはISAOあるあるだな
他のゲームとは、職業に対する考え方が違うから

129. 新人野伏

どう違うの?

130. 名無し

ISAOでは、神官職になって剣盾で闘うだけじゃあ聖騎士にはなれない
聖騎士って騎士の派生ルートだから騎士団縛りがある

131. 新人野伏

騎士団縛りってなんや?
聖騎士ルートの正解ってどこにあるの?

132. 名無し

結局なったのかよ「野伏」にw

133. 新人野伏

>>132
うん。「路傍法師」との二択でこっちにした
で、親切にルートの解説してくれる奴おる?

134. 名無し

「野伏」と「路傍法師」は、「神殿」の仕事を
一切しなかった場合に出てくる派生職だ
Jスキルをひとつでも生やしておけば回避出来たかもな

135. 新人野伏

Jスキル？　なにそれ美味しい？

136. 名無し

>>135　おいおい
お前、攻略wikiとか全然読まないタイプ？
パーティメンバーと話せば必ず話題になるだろうに

137. 新人野伏

>>136
残念なお知らせワイ、ソロプレイヤー

138. 名無し

そうじゃないかと思ってたw

139. 名無し

正式配信からの参加組でソロかよ
ちな、ベータ組はそういった事例をわりと経験済みだったりする

152. 通りすがりの聖騎士

新任の聖騎士さんが通りますよ

153. 名無し

>>152
本物の聖騎士？　なれた奴がいたのか

154. 通りすがりの聖騎士

成り立てほやほやです
ここまで来るのは、すっごい大変だった

155. 名無し

>>154　で、その苦労話を披露してくれるわけだな
よろしく乙

156. 名無し

天才聖騎士様一名様ご案内

179. 名無し

なるほど、そもそも騎士になるまでがまず大変なのか

180. 通りすがりの聖騎士

まるで本当に騎士団に就職したみたいだった
騎士の初期職の「従士」は人権なしのTHEパシリ（悲哀）
ゲームなのにログインしても楽しくない
MND上げ用の精神ゴリゴリ削るような訓練は山ほどあるし
取得が必須のJスキルも多い
通常の騎士ルートの同期と比べてかなり大変だったと思う

181. 名無し

修行乙　頑張ったな

182. 名無し

聖騎士のルートって、他にないの?

183. 通りすがりの聖騎士

>>182　たぶんね
まだ見つかっていないだけかもしれないけど
今のところこれが唯一の正解ルートらしい

184. 名無し

専門職になればなる程、ジョブ縛りがキツイのがISAOクオリティ
生産職なんかそれが顕著らしいぞ

185. 名無し

フレの鍛冶師が親方に付かずに自由に打っていたら
正規ルートから外れて「野鍛冶」っていうのになっちまったそうだ

186. 名無し

生産職は工房とかレシピとかが必要になるから
そう言った設備面を備えた師匠に弟子入り前提っていうのは分からなくもない
縛りって点で戦闘職はどうよ?

187. 名無し

>>186
剣士や槍士みたいな一般戦士系は、それほど縛りはない
職業クエストさえ上手く出せれば、あまりルートがブレないらしい
いずれは「剣聖」や「槍聖」になれるかもと言われている

188. 名無し

魔術師系は師匠につかないで野良でやるのはお勧めしない
正規ルートの「魔導師」が消えて、派生しか出てこなくなるから
「魔導師」は神官や騎士と同じく専門職扱いらしい
だから指定された場所での修行が必須ってことだ

189. 名無し

魔術師系は、野良でやるなら属性特化しないと
微妙な派生ルートしか出てこなくなる
結構地雷だよな、それって

190. 名無し

そうなるとリセット転職を考慮する必要が出てくるな
ベータではよく見た光景だが

191. 名無し

マジかぁ　ISAO厳しいな

【属性付与】どこまでいけるか【Part8】

1. 名無し

The indomitable spirit of adventure online（ISAO）生産スレ。
属性付与の話題限定
荒らしはスルー。特定プレイヤーへの粘着・誹謗中傷禁止。マナー厳守
次スレは **>>950**
前スレ【属性付与】どこまでいけるか【Part7】 http://*****************

378. 名無し

聞いたか?

379. 名無し

うむ、聞いたぞ。新たな局面を迎えたな

380. 名無し

もちろん聞いたさ

381. 名無し

>>378 聞いてない
何か面白いことでもあったの?

382. 名無し

もちろんあれだよ

383. 名無し

そうだあれだ。血がたぎるぜ

384. 名無し

間違いなくあれだよな

385. 名無し

>>382-384
お前らがすごく親切なのは分かったから
俺にあれってやつを教えてくれよ

386. 名無し

もう一言いるかな

387. 名無し

そこの親切なお兄さんたち
無知蒙昧な後輩にどうかご慈悲を!　こんなんでどう?

388. 名無し

ありきたりだけどな、まあいいか

389. 名無し

うむよかろう

390. 名無し

誰か教えてやれ

391. 名無し

では、よく聞け
「聖属性付与インゴット」
これがあれだ

392. 名無し

「聖属性付与インゴット」で剣を打ってみた
それがもうあれなんだ

393. 名無し

簡単に言えば
「聖属性付与インゴット」で打った剣に「聖属性が付いた」
わかったか?

394. 名無し

>>393　えっ、マジ?
つまり「聖剣」?　みたいなのが出来ちゃったの?

395. 名無し

そのようだな

396. 名無し

生産ギルドで絶賛検証中だったりする

397. 名無し

今のところ、いい感じっぽいぞ

423. 名無し

しかし、よくわかったな。武器に聖属性付与する方法なんて
ベータの時は、無理って言われていたんじゃなかったか?

424. 名無し

>>423　ちょっと違う
正確には、「支援系神官職」の上位スキルとして
そういうのが生えてくる可能性はあると推測はされていた
でも、それが出来そうな「支援系神官職」がいないから無理……だったはず

425. 名無し

今回の発見は、たまたま巡り合わせがよかったと聞いている
某巨乳生産職が「神殿の人」と仲が良かったから判明したらしいぞ

426. 名無し

やはり巨乳は正義!

427. 名無し

>>425
裁縫師なんだってな
最初は布に聖属性付与を試してもらったら上手く出来たそうで
じゃあ金属はどうだってお願いしたら、インゴットに付与が出来たってことらしい
ちなみに、金属製武器に直接付与するのは不可能だったそうだ

428. 名無し

さすがISAOクオリティ
普通は神官がインゴットなんて扱わないもんな
今までわからなかったわけだ

429. 名無し

それも、単にスキルを使って完成品に付与すればいいわけでもなくて
インゴットの精錬の際にも聖水を使うなど特殊な工程が必要だって聞いた
盲点を突くとまではいかないが、いやらしい仕様ではある

430. 名無し

緊急イベント担当の鍛冶師たちは、既に工房に篭って打ちまくっているらしい
「聖属性付与インゴット」の数には限りがあるから
イベントが終わるまで、おそらく市場には出てこないだろう

431. 名無し

しかし、レイドには間違いなく吉報だな

432. 名無し

今回は上手くいって欲しい
ベータでは、何この無理ゲーって状態だったから

433. 名無し

こうして作製方法が判明してみると
おそらくベータテストも聖属性武器・防具ありきの難易度設定だったのかな

434. 名無し

だろうな
ベータテストのレイドに参加していたが、かなり惜しかった
武器や防具が揃ってたら倒せていた気はする

435. 名無し

今回はベータよりもさらに難易度が高いそうだから
相変わらずかなりの消耗戦みたいよ

436. 名無し

錬金術師や薬師は、既に超ブラック労働になってるらしいぞ
今現在のノルマが半端ないらしい

437. 名無し

ノルマw　みんなゲーム内で働き過ぎ
そういう俺も絶賛ブラック真っただ中だけどw

438. 名無し

それもリアルの三倍速でだ
確実に現実より働いている時間が長いだろう

439. 名無し

何がみんなをそう駆り立てているの？

440. 名無し

>>439
「聖属性武器・防具」を実現できたのが
勢いのひとつになっているのは間違いない

441. 名無し

今回はレイドボスがアンデッド系だから
聖属性があるのとないのじゃ大違いだよな

442. 名無し

このゲームでは光属性が火属性とほぼ変わらんから
光属性の攻撃魔法は追尾特性があるレーザービームに過ぎなくて
対アンデッドだとピンポイントで急所狙うよりも
範囲攻撃の炎で燃やした方が早い

443. 名無し

>>442
それ知らなくて、「墓陵ダンジョン」に突入して散々な目にあった俺さま

444. 名無し

>>443
それはご愁傷さまだったな
まあ大抵のゲームじゃ光属性ってアンデッドの弱点だから
やっちゃったのもわからなくはない

445. 名無し

>>443
そういう人は多いと思うぞ
ちな俺も仲間だ

446. 名無し

>>443
俺もだよ同志

447. 名無し

>>443
よう兄弟!　そこにいたか

448. 名無し

どれだけうかつな奴が多いんだよw

8 「龍が淵」の攻防

湿地帯のほぼ中央に鎮座《ちんざ》する、禍々《まがまが》しい瘴気《しょうき》を放つ巨大な漆黒《しっこく》のドラゴン。

今、その首がゆらりと後退し、ゾロリと生《は》えた鋭い牙《きば》が剝《む》き出しになったかと思うと、大きな顎《あご》が上下に裂けた。


「ブレス来るぞ！　散開！」

「盾《たて》部隊、密集隊形！　後衛《こうえい》後退！」

直後、不浄を帯びた猛烈なブレスがレイド討伐《とうばつ》部隊を襲《おそ》う。壁となった盾部隊の大半に、「不浄」によるステータス異常が点灯し、さらにＨＰが大きく削《けず》られた。

「聖水！」

「耐えろ！　あと10秒！」

「ブレス強過ぎ。さっきより威力《いりょく》が増してないか？」

「『毒』だ。毒の霧《きり》が混ざっている」

「アンチポイズン！　『毒消し』もいる」

「ＨＰがヤバい！　『衰弱《すいじゃく》』と『毒』と両方ついている」

　後方から、支援部隊の手によって、次々と回復アイテムや状態異常の治療アイテムが送られてきた。盾部隊に配属されている戦闘系神官職による治療も同時に行われている。

「ほれっ、回復薬。これでしのげ」

「サンクス。マジ助かる」

「しかしマズイな。ポーション類が、ドバドバなくなっている」

「俺もうGPない。スマン」

「いや、よくやっているよ。なんだこの無理ゲー」

　あらかじめ消耗《しょうもう》戦を覚悟していたとはいえ、予想を上回る夥《おびただ》しい数のアイテムが、湯水のように消費され消えていった。

「おっ、ブレス終わった。アイテムの補充に一旦《いったん》下がるわ」

「おう。多めによろしく。俺もだいぶ減っているから」

「いや〜こんなので、最後までもつのかね」

「仕切り直しかもしれんな」

「うん。なんか無理ぽ」

§　§　§

《冒険者ギルド会議室》

「第二次レイド討伐に向けて、お集まり頂き感謝する。まず始めに、前回の作戦で判明した敵の情報を開示する。続いて、被害状況および使用した消耗品・破損《はそん》した備品の報告。その後、それらを元にした作戦の練り直しに移ってもらう予定だ」

「では、情報担当班から報告させて頂きます。先ほどお配りしました、お手元の資料をご覧《らん》下さい」

失敗に終わった第一次レイド討伐ではあったが、一度経験したことで、このレイドに関するいくつかの新発見や問題点が明らかになっていた。

「そもそもただのドラゴンゾンビじゃなかったっていうのがな」

「『邪霊龍リントヴルム』か。外観はベータのドラゴンゾンビとほぼ変わらないのに、HPバーを一本削るたびにブレスに状態異常が入るとか、嫌らしい修正だよな」

「ベータでは何本まで削ったんでしたっけ？」

「二本だな。二本目を削りきった後のブレスで、消耗品が枯渇《こかつ》して撤退している」

「それと比べれば、強化されているのに、三本目の半《なか》ばまでいったのは上出来ってことか」

予想していた以上に敵が強化されていた。しかし、ベータテスト時よりもレイド攻略が進捗《しんちょく》したことで、初回討伐に失敗したにも拘《かか》わらず、プレイヤーたちの表情は明るかった。

「聖属性武器・防具と上級聖水のおかげだな」

「【浄化】もよく効《き》いていた。特に『聖女』さんの【範囲浄化】が」

「ほかの祭司や司祭も頑張ったけど、『聖女』さんのは明らかに威力が高かったな」

「やっぱり『住んでいる人』は、MNDが高いのね。【浄化】の効果って、MND依存でしょう？」

「そこの違いだろうな。同じくMNDが高い『聖騎士』も、かなり活躍していたから。『聖剣』を持って『聖鎧《せいよろい》』を着た『聖騎士』の一撃で、目に見えて敵のHPが削れていた」

「なんかあの人、やけに光ってなかった？　キラキラしていたよな。剣と鎧《よろい》が」

「不浄の霧に触れると、『聖なる武器』や『聖なる防具』はああなるそうだ」

「属性効果のエフェクトか。かっちょええな」

「では、第二次討伐は現実時間で一週間後です。それまでに、分担に応じて消耗品と備品の準備を、各自よろしくお願いします」

「それと『神殿の人』への交渉《こうしょう》もよろしく頼む。必要なら、俺や情報班も一緒に説明に行くので、声をかけてくれ」

「了解。でもあまりアテにしないでね。自信ないわ」

「なんか難しい人なのか？」

「いいえ、とてもいい人よ。ただいつも忙しいみたいで」

「そうか。でも、彼にはできる限り参加してもらいたいので、くれぐれもよろしく頼む」

「わかったわ。上級聖水も頼まないといけないから、この後、『神殿』に寄ってみる」

《施療院》

「すみません。ユキムラさんに面会したいのですが、こちらでよろしいですか？」

「はい。司教様は奥の控室《ひかえしつ》でご休憩《きゅうけい》中です。お客様がお見えになったらお通しするようにと仰《おっしゃ》っていましたので、直接お部屋の方へお訪ね下さい」

「ありがとう。では、中に失礼します」

「どうぞ、お通り下さい」

ふぅ。

ここは、いつ来てもなんか緊張するわ。だってNPCの皆さん、ユキムラさんに対して凄《すご》く扱いが丁重《ていちょう》というか、敬《うやま》っている感が満載なんだもの。

現時点ではただ一人のプレイヤー司教な上に、ユキムラさんの「正司教」という位階は、神殿においてはエリート職らしい。しかも、この街ではNPCにすらいない職業ということなら、この扱いもおかしくはないのかも。

さらに、この施療院には、沢山《たくさん》のNPCが治療を受けに来ている。今日も治療を待つ長蛇《ちょうだ》の行列を見かけた。つまり、日頃の行いの影響もあって、なるべくしてこうなっているんでしようね。彼のNPC好感度って、突き抜けてそう。


どこか病院に似た飾り気のない通路を通り、控室のドアを軽くノックする。

〈コンコン！〉

「キョウカです。ユキムラさんはご在室ですか？」

カチャ！　っという軽い開閉音と共に、ドアが静かに内側に開かれる。そこには、いつも通りの優しい笑顔の彼がいた。

「キョウカさん、お待ちしていました。中へどうぞ。美味《おい》しいお茶が手に入ったんですよ」


うーん、癒《いや》される。なんでこんなに落ち着いちゃうのかしら？

NPCが押し寄せるのも納得よ。決して美形ってわけじゃない。並よりやや上くらいの容貌《ようぼう》だけど、この持っている雰囲気《ふんいき》がいいの。癒されオーラっていうか、和《なご》むっていうか、そのせいでより素敵《すてき》に見える。いわゆる雰囲気イケメンってやつね。

手ずから淹《い》れてくれたお茶も美味しい……って、いけないいけない。本題に入らなくちゃ。

「ユキムラさん、実はね。第二次レイド討伐が、現実時間で一週間後に決まったの。できれば是非《ぜひ》、ユキムラさんにも参加してほしいと伝えて下さいって、討伐部隊の人たちにお願いされているの。ご都合はどうかしら？」

「えっ？　そうなんですか？　俺なんかでいいの？　皆さんのお役に立てるのなら、参加はしてみたいですけど。そんなに神官が足りていないんですか？」

「もうね。ぶっちゃけ全然足りていないわね。ベータの時より入念に準備したつもりだったけど、敵も予想以上に強くなっているから。ユキムラさんが参加してくれたら、とても心強いわ」

「キョウカさんに、そう言ってもらえると嬉《うれ》しいです。じゃあ、是非参加でお願いします」

「よかった。これでみんなにいい報告ができるわ。今だから言うけど、ユキムラさんが不参加って聞いた時、みんな残念がっていたのよ」

「本当ですか？　それを聞いたら、俺、やる気になっちゃいますよ」

「それこそ大歓迎だから。その勢いで、厚かましいかもしれないけど、聖水作製もお願いしていい？」

「もちろんです。一週間あれば、ご注文数は余裕で揃《そろ》えられると思います」

「助かるわ。今回は量が多いからどうかなって思っていたの」

「最近は、『祈禱《きとう》』するとかなりＧＰが回復するようになったので、作製がだいぶ楽になりました。神殿としても、沢山買ってもらえるのは嬉しいです」

「頼もしいわね。私も負けずに頑張らなくちゃ。そうそう、レイドまでに新しい神官服が出来上がると思うの。アクセサリ付きでデザインは大幅に変わるけど、かなりＭＮＤが上がるはず。でき次第《しだい》、持ってくるわね」

「よろしくお願いします。服に負けちゃわないといいな」

「大丈夫、きっと似合うから。楽しみにしていてね」

「はい。お待ちしています」

§　§　§

そんな流れで、レイドイベント当日になった。

レイドに参加するため、俺たちは南の湿地帯に踏み入り、ラスボス出現ポイントの少し手前までやってきた。ここが、後方支援のためのキャンプ地になる。

キャンプは予想していたよりも堅牢《けんろう》な作りで、土魔術によって地固めしてあり、作業ごとに仕切られた各区画のスペースもかなり広い。

「ユキムラさん。私たちは臨時工房で作業に入るから、ここで一旦お別れね。前線は大変だと思うけど頑張って！」

「はい。皆さんも頑張って下さい。ではまた後で」

第二次から参加する俺に授けられた作戦は、至《いた》ってシンプルだ。まず、神官職と騎士職のプレイヤーが多数所属する「神聖騎士団」と合流する。

取り巻きのモンスターが現れたら、騎士団のメンバーに「戦闘支援」や「毒中和」、「麻痺《まひ》解除」や「回復」など、状況に適したスキルを使用する。

レイドボスの出現以降は、指示を出されたタイミングで「浄化」をかける。そして、ブレスが来そうなときは、合図に合わせて「範囲結界」を張る。こんな感じだ。

「神聖騎士団」って確か、「聖女」さんがいるところだよね。「聖女」さんの親衛隊が、中核になってできたクランだって聞いている。

……親衛隊だって。大丈夫かな？　お前なんかお呼びじゃないって言われたらどうしよう。とりあえず、挨拶《あいさつ》には行っておいた方がいいよな。どこにいるんだろう？

恐る恐る対面した「神聖騎士団」の人たちは、会う人全《すべ》ていい人ばかりだった。噂《うわさ》って当てにならない。要《い》らぬ心配だったね。

「聖女」さんへの熱い思いを語るときを除けば、至って普通だ。というより、かなり紳士的かも。皆さん、言葉使いがとても丁寧《ていねい》なのには驚いた。それに凄《すご》く礼儀正しい。

なんでもこのクランは、団長さん（親衛隊長でもある）のリーダーシップ能力がとても高いそうで、お互いにリスペクトし合うような良い雰囲気ができているんだって。すごいね。

そしてその「聖女」さんはというと、噂通り、もの凄い美人だった。予想していたよりも大人びたクール系美女、いわゆる高嶺《たかね》の花系女子って感じかな。

「初めまして。ユキムラといいます。よろしくお願いします」

とりあえず挨拶をしてみた。清楚《せいそ》な修道女姿の聖女さんは、かなり近寄りがたい雰囲気だったから、話しかけるのはちょっと緊張した。

「初めまして、ユリアです。話は聞いているわ。神殿から来てくれたのよね。頼りにしているからよろしくね」

あれ？　案外、気さくな感じ。ツンと澄《す》ました感じの表情が緩《ゆる》み、さっきより親しげな印象に変わる。これなら話しやすいかも。

「レイドに参加するのは初めてなので、皆さんの足を引っ張らないといいなと思っています」

「それは大丈夫。最初は戸惑《とまど》うかもしれないけど、ある程度慣れたらパターンが見えてくるから。スキル被《かぶ》りは気にしないで、どんどん使ってね」

「そうそう。実を言うと、彼女は転職のためにスキルの調整中でね。若干《じゃっかん》スキル使用に制限がある。だから、ユキムラくんがうちに来てくれて、本当に助かっている。バンバン活躍してほしい。バックアップは我々がやるから、遠慮なくやっちゃって」

先ほど挨拶した、団長のグレンさんが会話に加わってきた。

転職のためにスキルの調整中？　俺はそういうのを気にしたことってあまりない。あえて言うなら、神殿の仕事を多めにやって、なるべく神殿で過ごすようにしていることくらい。ゲーム上級者になると、いろいろと大変なのかもしれないな。

そうやって、「神聖騎士団」の皆さんと顔合わせをしていると、キャンプの後方が急に騒がしくなった。

「どうした？」

「キャンプ内にモンスターが侵入したようです。おそらくポイズンリザードですね」

「数はあまりいなさそうだから、応援に行かなくても大丈夫でしょう」

「それにしても、前回よりこういった妨害の頻度《ひんど》が高い気がする」

「それもＩＳＡＯクオリティですか？　挑戦回数が増えるほど、難易度が上がって厳しくなるとか、ありそうで恐いですね」

キャンプにモンスターが侵入？　あれ？　そういうときに使うスキルがあったよね。

「ここに『拠点結界《きよてん》』は張らないんですか？」

疑問に思ってそう尋《たず》ねたら、皆さん、びっくりしたようにこっちを見た。

「『拠点結界』？　そんなスキルがあるの？」

「はい。司教の『職業固有スキル』にあります」

「『拠点結界』って名前からすると、結界を長時間維持《いじ》できるってこと？　それって、どのくらいの広さなら張れるの？　もしよければ、もう少し詳《くわ》しく教えてもらってもいいかな？」

特に隠すような内容じゃないから、お知らせしちゃおう。

「結界を張る時間と範囲は、消費するＧＰ依存になります。時間はゲーム内時間で三〇分刻《きざ》みで設定できて、最長八時間まで。範囲は、このキャンプ地くらいならカバーできると思います。かなり広いので、張ったあとＧＰが完全回復するのに、少し時間がかかりますが」

「ＧＰが元に戻るまでどれくらい？」

「ずっと祈っていれば、ゲーム内で三〇分弱ですね」

「戦闘フィールドでも張れる？」

「さすがにボスの攻撃射程範囲内は無理です。あくまで『拠点』なので」

今回のレイドエリアは、レイドモンスターと激しい戦闘が行われる戦闘エリアと、その外側にある、ボスの攻撃が届かない支援エリアの二つに分かれていて、拠点結界が有効なのは後者だけになる。生産職がレイドに大勢参加できるように、こういった仕様《しよう》になっているらしい。

「そうか。しかし検討の余地は充分にあるな。ちょっと一緒について来てくれ。作戦本部に聞いてみよう」

《作戦本部》
「これで、拠点防衛に回していた戦力を戦闘エリアに回せるな」
「ええ。ローテーションに少しゆとりができますね」
「運が向いてきている。今回はうまくいく気がする」

「まだ楽観は禁物です。でも、ユキムラさんが協力してくれて、本当に良かったですね」

「そうだな。中級職の支援職なら、浄化も恐らく強力だ。ＭＮＤ値《ち》は『聖女』の二倍以上あるそうだから、かなり期待できそうだ」

「聖女……ユリアさんは、神官系スキルだけでなく、魔術系スキルもかなり上げていると耳にしました。彼女はベータの時は魔術師だったらしいので、スキル構成も魔術よりのビルドなのかもしれないですね」

「それでも、他の野良《のら》神官に比べるとＭＮＤ値は高い。やはり、Ｊスキルの恩恵は大きいということか」

「そのようです。こうなると、Ｊスキルの育成は疎《おろそ》かにできませんね。『聖騎士』も、Ｊスキルの育成が大変なだけあって、ＭＮＤ値は相応に高いらしいですから」

「さて、そろそろ本番だな」

「そうですね。参りますか」

＊

［ユーザー名］ユキムラ［種族］人族［職業］正司教（格★★）［レベル］55
［ＨＰ］３２０［ＭＰ］１７０［ＧＰ］１０００

〔STR〕75【45】＝１２０〔VIT〕95【65】＝１６０
〔INT〕65【30】＝95〔MND〕３５５【１４５】＝５００
〔AGI〕65【65】＝１３０〔DEX〕95【0】＝95
〔LUK〕90【10】＝１００　Ｂｏｎｕｓ　Ｐｏｉｎｔ　０
【戦闘支援】身体強化　精神強化　属性強化　【結界】結界　範囲結界　拠点結界
【浄化】浄化　範囲浄化　聖属性付与　【状態異常治癒】毒中和　麻痺解除　衰弱解除
【回復】回復　範囲回復　持続回復
【ＪＰ祈禱Ⅳ】【ＪＳ疾病《しっぺい》治療Ⅳ】
【Ｊ教義理解Ⅳ】【Ｊ聖典朗読Ⅳ】【Ｊ説法Ⅱ】【Ｊ聖典模写Ⅳ】【Ｊ聖水作製Ⅴ】
【Ｐ頑健Ⅱ】
【Ｓ棒術Ⅲ】突き　打撃　薙《な》ぎ　【Ｓ生体鑑定Ⅱ】【Ｓフィールド鑑定Ⅰ】【Ｓ解体Ⅱ】
【速読Ⅳ】【筋力増強Ⅱ】【調理Ⅳ】【気配察知《さっち》Ⅱ】【暗視Ⅱ】【清掃Ⅱ】
【井戸妖精の友愛】【聖神の加護Ⅳ】
【司教のローブ】【司教の典礼服】【司教の飾り帯（肩）】【司教の飾り帯（腰）】
【六尺棒（魔銀）】【疾風《しっぷう》のブーツ】【魔狼《まろう》の胸当て】【魔銀のガントレット】
【聖典★★★★】【慈愛《じあい》の指輪】【碧玉《へきぎょく》のロザリオ】

9　本番スタート！

「ユキムラ！　前衛《ぜんえい》に『麻痺《まひ》解除』、続いて『持続回復』をかけ直してくれ！」

「はい！　了解です」

レイドボスのＨＰバーの一本目を削《けず》り切ったら「毒」が、二本目の後は「麻痺」、三本目の後は「衰弱《すいじゃく》」の状態異常が、ドラゴンの吐くブレスに混ざるようになった。

さらに、一旦《いったん》倒したはずの取り巻きモンスターたちが再召喚《しょうかん》されると、戦場は一時混戦状態に陥《おちい》った。しかし、やっとそのリザードマンたちを掃討《そうとう》し終わり、今は隊列の立て直しをしているところだ。

「ポーション類の補充を持ってきました！」

「こっちに毒消しをくれ！」

みんな必死だ。だけどワクワクもしている。これでレイドが上手《うま》く行ったら最高だな。

「ブレス来るぞ！　結界を頼む！　ブレスが終わったら、思いっきり浄化をぶち込んでくれ！」

「了解です！」

みんなの役に立っている感が凄《すご》くって、支援職を選んで良かったたって思った。

「ブレス終了！　行けぇ――――っ！」

ボスのHPは、既《すで》に四本目のバーの半分を切っている。あともう少しだ。

ここまできたからには、残りのGPの大半をつぎ込んでもいい。溜《た》めて溜めて……もっと溜めて……もうちょい……OK、行こう。

集中！　神経を研《と》ぎ澄《す》まし、大きく息を吸い込んだ。

「【浄化】悪霊昇華《しょうか》！」

大量のGPを投入した浄化スキルを、一心に唱《とな》える。

俺の全身から迸《ほとばし》る、眩《まばゆ》い光の奔流《ほんりゅう》。密度の高い一条の光束が、膨張《ぼうちょう》しながら真《ま》っ直《す》ぐに進み、ドラゴンの大きな頭部に直撃した。ドラゴンは、その攻撃を逸《そ》らすことができず、体勢を崩《くず》して大きく仰《の》け反《ぞ》った。

ズゴゴゴォォッ！　といった轟音《ごうおん》が鳴り響き、盛大に跳《は》ね上がる泥《どろ》と水飛沫《みずしぶき》に沈むように、ドラゴンの巨体が倒れていく。見ると、ドラゴンの右側頭部から肩にかけて、深く大きくえぐれていた。

よしっ！　これで奴《やつ》の残りHPは、あと二割くらいだ。

「射線を開けろ！　一斉砲撃《いっせいほうげき》！」

その掛け声を聞いて、騎士団の人たちと共に急いで射線の外側に退避する。

その直後、後方に設置された櫓《やぐら》に陣取《じんど》る魔術班から、ドラゴンを目がけて大規模な火炎魔術が一斉に放たれた。空を焦《こ》がし、爆発する花火のように、光が、輝く火の粉が乱舞し、幾本《いくほん》もの火焔《かえん》の光条が交錯《こうさく》する。まるで光の洪水《こうずい》だ。

……凄《すご》い。めっちゃ綺麗《きれい》だ。

そんな爆撃のような激しい集中砲火が終わると、今度はそれを待ちかねていたように、迷わずドラゴンに突っ込んで行く連中がいる。各々《おのおの》自慢の武器を携《たずさ》えた、前衛職のプレイヤーたちからなる部隊だ。

もうこれで決まるだろう。っていうか決めてくれ！


何度目になるかわからない剣戟《けんげき》がドラゴンを襲《おそ》い、槍《やり》が貫《つらぬ》き、槌《つち》が打ち砕《くだ》いて、ＨＰバーの最後の一筋を削り切った時、巨大なドラゴン『邪霊龍リントヴルム』は、黒い霧《きり》のようになって虚空《こくう》に消えていった。

やった！

ワッと、周りからも一斉に歓声《かんせい》が上がる。みんな笑顔で、肩をバンバン叩《たた》いて健闘を称《たた》え合う。俺も、周りの人たちをバンバン叩いて、同じように遠慮なく叩き返された。もう、メチャクチャだ。

ああ、楽しいな。

こんな気持ちが湧《わ》き上がってくるのは、いったい何年ぶりだろう。


こうして、俺の、そしてみんなの初めてのレイドイベントは、無事成功に終わった。


「カンパーイ！」

「乾杯《かんぱい》！　今日は飲むぞ～！」

〈ガチャン！〉

乾杯の声と共に、笑顔でジョッキをぶつけ合う。

レイドから撤収《てっしゅう》した後、俺たち六人は打ち上げのために「始まりの街」の酒場に来ていた。

「神聖騎士団」の人たちも誘ってくれたけど、彼らは「聖女」さんと盛り上がりたいだろうから、参加するのは遠慮しておいた。

それに、打ち上げはいつもの仲間と一緒の方が楽しめるしね。

「お疲れさまでした」

「いやー。マジ疲れたね。なんちゅう消耗《しょうもう》戦。戦闘組も大変だったと思うけど、後方拠点組も凄い修羅場《しゅらば》だったよ」

「ポーション類の補充は、本当に助かりました。湯水のように消えていくので、使っている方でも冷や冷やしましたよ」

「そうだろう、そうだろう、感謝したまえ君たち」

「確かにポーション系はヤバかったね。ポーション瓶《びん》が空を飛ぶんじゃないかって勢いで、右から左に流れていったもの」

レイドイベントでは、装備やアイテムの持ち込み制限があった。前線でドブドブ使うから、用意してあったポーション類だけでは到底《とうてい》足りなくなる。だから、キャンプ地でひたすら増産する必要があり、薬師《くすし》であるアークはフル回転だったみたいだ。

「もっと褒《ほ》めていいぞ。いくら感謝されても感謝され足りないくらいだ」

「おいおい。お前だけじゃねえよ。鍛治場《かじば》も修羅場だったさ。ブレス受けるたびにベッコベコになった盾《たて》が送られてきて、直しては送り、直しては送りの繰り返しだ」

武器や防具の消耗も、当然のことながら激しかった。とくにブレス対策の大盾は、何度か交換していたのを実際に見ている。ガイさんもそんな感じだったんだね。

「うん。うん。よく頑張ったよ、俺たち」

「ところで、頑張った君たちに質問。イベント報酬《ほうしゅう》は何がきたかな?」

「まだ見てねえよ。いったい何を貰《もら》えんだよ」

そういえば、俺もまだ確認していない。何がもらえたのかな? 後で見てみよう。

「あらやだ、聞いてよ奥様。この方、そーんなことも知らないのよ」

「奥様じゃないし。誤解されるような言い方をしないで！」

もう酔っているのか、いきなりオネエ言葉になったトオルさんに絡《から》まれて、ちょっと膨《ふく》れるキョウカさんが可愛《かわい》い。

「怒っちゃやーよ、キョウカちゃん。そんなにプンスカしたら、せっかくの美人が台無しじゃない。そんなだと、ユキムラ君に嫌われちゃうわよ」

「何、余計なこと言ってるのよ！　ユキムラさん、ごめんなさい。酔っ払いが変なことばかり言って」

「あら、ユキムラちゃんたら、何を飲んでるの？　やだこの子ったらジュースですって。この状況でジュース？　それはないわー」

「おう、駄目だぞ。酒を飲め、酒を。今夜は酔い潰《つぶ》れろ。俺が許す」

「いえ。俺はまだ未成年なので、年齢規制でお酒は飲めないです。すみません」

本物ではないといえ、法律で規制されている。VRゲーム内では、未成年はお酒が飲めない仕様《しよう》になっていた。

「あらやだ〜ん。大変、未成年ですって。キョウカどうする？　淫行《いんこう》は犯罪なのよ」

「なんであんた急にオネエになってるのよ。さっきから変なことばっかり言うし。酔うのが早過ぎよ。ユキムラさん、本当にごめんなさいね。コイツの言うことは気にしなくていいから」

「キョウカがいらないなら、アタシが貰っちゃう。よく見ればいい男……でもないわね。平凡、

ものすごーく平凡ね。これなら、アタシの方がいい男じゃない！」

「だ・か・ら、あんたはユキムラさんから離れなさいよ。変態がうつったらどうするのよ！」

「変態上等～。おういぇい！　ジン、カップルは放っておいて一緒に飲もう～って、こいつ妻帯者だったわ」

「ご機嫌だな、お前。俺もだけどな！」

「オヤジ！　もう一杯。ジョッキで」

「いや～。明日、仕事を休みにしておいてよかったよ。ここなら肝臓《かんぞう》のダメージなしで、心置きなく飲める。ゲームなのに酩酊《めいてい》感があるって凄いよな。素晴らしい技術の進歩。酒も旨《うま》い。オヤジ！　ここにもお代わり。同じやつ」


「しかし実際のところ、ユキムラにはびっくりしたよ。拠点結界だっけ？　凄いねアレ。雑魚《ざこ》モンスターが全然キャンプに入ってこれないの。というか、モンスターが結界内のプレイヤーを認識しなくなってたよね」

「うんうん、同感。第一次レイドの苦労は何だったんだって思った。あれさあ、普段の狩りでも超便利じゃね？　休憩《きゅうけい》の時に張ってもらったら、のんびり休み放題だぞ」

「もしかして、睡蓮沼《すいれんぬま》の時も持ってた？　あのスキル」

「はい。今思えば、あの時に使ってみればよかったですよね。でもあの時は、持っているのに気づいていなかったというか、どんなスキルかわかっていなかったというか。まだ試したことがなかったので。すみません」

「いいってことよ。俺だって、どんなスキルが生《は》えてくるかなんて全然わからない。調べてなんぼだもんな。情報の少ない支援職ならなおさらだ」

「そうよ。これからは助かるわけだから、それで十分。また一緒に狩りに行きましょうね」

「是非《ぜひ》よろしくお願いします。今回のレイドで『格★』がMAXになったのに、レベルが足りなくて、まだ転職できないので」

上位職に転職するには、「格★」をMAXにした上で、要求レベルに到達している必要がある。次の④次職である大司教になるには、レベル60以上が条件になっていた。

「ちなみに今のレベルはいくつ？」

「57です」

「じゃあ、あとレベル3ね。割と強い敵がいるところに行かないと、もうレベルは上がりにくくなっているわよね。どこがいいかしら？」

「今回のイベントで、もう素材はスッカラカンだ。だから、集めに行くのは賛成。葉っぱと鉱石は特に不足しているから、そのあたりを採《と》れそうなところ優先で回らないか？」

「ユキムラさんがいるから、アンデッドエリアもどんと来いよね」

「なるほど。それはいいかもしれない」

「だったら、あそこにするか。北の森林の『墓陵《ぼりょう》ダンジョン』。浄化スキルをバンバン使ってもらえば、ユキムラのレベルは上がるし、俺たちは採取に専念できる。森の中だから、葉っぱ類は間違いなく生えているし、石もゴロゴロ落ちているはずだ」

墓陵ダンジョンか。もしそこなら、俺にとっても有り難い話だ。まだ行ったことはないけど、噂《うわさ》で聞いた限りでは、スキルで危なげなく一掃《いっそう》できそうな場所だから。

「オッケー。じゃあ決まり。次はアンデッド退治《たいじ》ってことで」

「ユキムラさんは、リアル事情は大丈夫そう?」

「はい。もう試験は終わったので。しばらく時間には余裕があります」

「学生さん?」

「はい、そうです」

「まさか高校生じゃないわよね? あっ、ごめんなさい。プライベートなことを聞いて。嫌なら答えなくていいから」

「いえ、大丈夫です。高校生じゃなくて、大学生です。なったばかりですけど」

この中では、俺が一番年下になる。

俺の一学年上で大学生のアークを除けば、あとは全員社会人だ。だから、みんなリアルの都合優先が基本で、大人の対応をしてくれるから、とても居心地《いごこち》がいい。

「わっかーい。もしかして一〇代なの? つまり、ぴっちぴち。お友達に合コン好きな女の子いない？　社会人との合コンに興味がある子。いたら紹介……ブッ！　何殴ってんだよ、痛いじゃん。暴力反対！」

「痛いわけないでしょ、アバターなんだから。そうやって、ユキムラさんに迷惑をかけない。ユキムラさん、たびたびごめんなさいね。本当にこの人バカで」

「おっ！　キョウカちゃん、激おこプンプンかぁ？」

「ひっで。ユキムラ君と態度が違い過ぎない？　異議を申し立てます」

「当たり前でしょ。変態には変態相応の対応があるの！」

「野蛮《やばん》な女は嫌われちゃうぞ！」

「や、野蛮？　そんなことないわよ。ね？　もう、大袈裟《おおげさ》なんだから！」

こうして楽しくも騒がしい夜は、あっという間に更《ふ》けていった。

第二章　新しい街へ

1　〈閑話〉十二歳の夏

十二歳の夏に、母さんが死んだ。

何か特別なことがあったわけではなく、前の日はいつものように三人で夕飯を食べて、いつものようにベッドに入った。

次の朝起きたら、らしくもなくやけに慌《あわ》てた様子の父さんが、俺の部屋にやって来た。

「昴《スバル》、母さんの様子がおかしい。まずいかもしれない。父さんは一一九番してくる。お前はこの部屋で待っていろ。学校は休め。いいな？」

驚いて父さんの顔を見上げると、今まで見たことがないくらい真剣な表情だった。

これはただ事ではないな。……と、子供心にもそう感じて、言われたように部屋でおとなしくしていることにした。

「父さんは、母さんと一緒に病院へ行くから、お前は家にいろ。婆ちゃんを呼んだから、二時間くらいで来てくれるはずだ。隣の三井《みつい》さんにも頼んであるから、何か困ったことがあったら相談するといい。飯は、悪いが婆ちゃんが来るまでなしだ。冷蔵庫の中のものは食べていい」

慌ただしく告げる父さんの声に、俺は頷《うなず》くだけで精一杯《せいいっぱい》で、何も聞き返すことはできなかった。

しばらくして、サイレンの音が近づいてきて、家の前でフッとその音が途切れた。そして、救急隊の人たちによって担架《たんか》に乗せられた母さんと一緒に、父さんは救急車に乗って病院へ向かった。

「何が悪かったわけでも、誰がいけなかったわけでもない。ただ、運が悪かった」

母さんの死亡診断書を書いてくれた年配の医師が、父さんにそう言ったそうだ。

……他人事《ひとごと》だから簡単に言うよなって当時は思ったけど、今ならわかる。

あの言葉は。

母の最期《さいご》の時に一緒にいて、気づかないまま遺族になった父と、そして俺が、

「自分たちが悪いわけじゃない、何もできることはなかった、仕方がないんだ」

そう言えるように……母さんの死んだ理由を、自分たち自身に求めないようにと気遣《きづか》ってくれた、労《いたわ》りの言葉だったんだ。

母の死因は「肺塞栓《はいそくせん》」。

耳慣れない言葉だけど、エコノミー症候群に絡《から》んで一般に知られるようになった病態のひとつで、突然死の原因になる。若年者に起こることは珍《めずら》しく、四〇代から増え始めて、高齢者に多い。

……それが、俺たちから母さんを奪ったものだった。


実感が湧《わ》かないまま母さんを見送り、父さんと二人で火葬場から家に帰ってきたその日。

父さんがポツリと、

「昴、婆ちゃん家《ち》に行くか?」

そう聞いてきた。

俺のことを心配した婆ちゃんと、今現在婆ちゃんと同居している伯父《おじ》さん夫婦が、しばらく俺を預かってもいいって言ってきたそうだ。

でも俺には……。

ここ二、三日で、急に小さくなったように見える父さんから離れる理由はなかったし、それに、伯父さん一家の幸せそうな様子や、俺の顔色を見ながら心配して話しかけてくれる温情にも、当時は耐えられる気がしなかった。

父さんと男二人きりの生活は、とても大変で、とても忙しく、仕事をしながら慣れない家事や俺の世話をしてくれた父さんには、感謝の言葉しかない。

初めは失敗ばかりだったけど、父さんも俺も少しずつ家事を覚えて、新しい生活にも慣れ、ようやく時間に余裕ができた頃、俺はやっと母さんのことを思い出すことができた。


……涙が止まらなかった。

どうして死んじゃったんだよ。

もっとずっと一緒にいたかったのにって。俺にはわからなかったけど、父さんもどこかで泣いていたのかもしれない。ふとそう思った。


転勤でいろんな街に引っ越した。

景色が変わって、俺も成長したけど、あれ以来、俺の内側の何かが埋まらない気がずっとしている。なんだろうな。言葉で表すのが難しい、もやもやっとしたもの。

そうだな。ひと言でいうなら、「熱い想い」……かな。

グツグツと体の奥底から熱せられて、抑えても抗《あらが》って湧き上がってくるような、そして、一《いっ》旦溢《たんあふ》れてしまえば、その流れに身を任せてしまいたくなるような、そんな何か熱い塊《かたまり》に、俺は触れてみたくなっていた。

でも。近々、そんな熱さに俺は出会える気がする。

それは予感？

……外れても、何の責任も取らないけどな！

2　第二の街

《ポーン！》

うん？　なんかお知らせがきたぞ。

《The indomitable spirit of adventure online（ISAO）のユーザーの皆さまにお知らせ致します。

この度、緊急イベント「湿地帯の主を倒せ！」の成功、誠におめでとうございます。

この結果を受けまして、「第二の街『ジルトレ』解放に伴《ともな》う大型アップデート」を実施いたします。実施日時は、○年○月○日に予定しております。
※詳《くわ》しくは「イベント詳細《しょうさい》」をご参照下さい。アップデート中は、ゲームへのログインは行えません。プレイ中の方は、アップデート開始時刻になりますと強制ログアウト処理されます。

皆さまの御理解・御協力をよろしくお願い申し上げます》

へぇ。第二の街か。

レベル上げが終了したら行くことになりそうだけど、アップデートまでに間に合うかな？

ちなみに、緊急レイド「湿地帯の主を倒せ！」の討伐《とうばつ》完了でもらった報酬《ほうしゅう》はこちら。

［参加報酬］
・１００００Ｇ・ＨＰ回復ポーション（５）・ＭＰ回復ポーション（５）・素材召喚券（３）
・職業別　武器／防具／アクセサリ　ランダム召喚券（１）・アクセサリ召喚券（１）
［討伐報酬］
・５００００Ｇ・ＨＰ回復ポーション（20）・ＭＰ回復ポーション（20）
・Ｒ《レア》以上確定／職業別　武器／防具／アクセサリ　ランダム召喚券（１）
・Ｒ以上確定／ジャンル別　武器／防具召喚券（１）・Ｒ以上確定／アクセサリ召喚券（１）
・レイドモンスター素材召喚券（５）・レイドボスモンスター素材召喚券（３）
［参加報酬］の内、ランダム召喚券は、残念ながらいいものが出なかったので売却した。素材も同様。その一方で、アクセサリは幸いにも俺向きのものが出てくれた。
・Ｎ《ノーマル》【星霜《せいそう》の護符《ごふ》】ＭＮＤ＋10　耐久（破壊不可）

［討伐報酬］は、まずはランダム召喚券を引いてみる。おっ、SR《スーパーレア》だ！　これはラッキーかもしれない。

・SR【ルーンの指輪】MND＋40　LUK＋10　※触れている者のHPを持続回復(小)

次に、アクセサリ召喚券。

・R【慧惺《けいせい》のロケット（ペンダント）】INT＋20　AGI＋10　耐久（破壊不可）

あとはこれをどうするかだな。

・R以上確定／ジャンル別　武器／防具召喚券

ちょっと迷うけど、ジャンルが選べるなら武器にするか。ポチッと。

・R【金狼牙《きんろうが》（六尺棒）】STR＋60　AGI＋30　耐久400

※打撃によるダメージ増加(中)

おうっ。なんか良さげなのがきたじゃないか！

召喚の結果、防具とアクセサリを入れ替えて、こうなった。

【司教のローブ】【司教の典礼服】【司教の飾り帯（肩）】【司教の飾り帯（腰）】

【魔狼の胸当て】【魔銀のガントレット】【疾風《じあい》のブーツ】【金狼牙（六尺棒）】

【聖典★★★★】【碧玉《へきぎょく》のロザリオ】【慈愛のの指輪】【星霜の護符】【ルーンの指輪】

【慧惺のロケット（ペンダント）】

うん、なんかジャラジャラいろんなのを身につけてるね。でも、仕方がないっていうか、後《こう》衛《えい》職はみんなこんなものらしい。防具に制限（装備に対するステータス制限）があるので、アクセサリでカバーするのが普通なんだって。そのせいか、アクセサリ装備数の制限は緩《ゆる》めで（今の時点で一〇枠《わく》ある）、まだ二枠も余裕がある。

こういったイベント報酬の召喚券にもアクセサリ券が多いし、ランダム召喚の際もアクセサリが出やすくなっているらしい。トオルさんが商売上がったりだってこぼしていた。アクセサリが作りたくて彫金師《ちょうきんし》になったのに、最近は武器や防具のパーツの注文ばっかりだって。でも、腕もセンスもいいから引っ張りダコらしいよ。

そして、素材召喚券は、仲間に買い取ってもらった。俺はいらないからね。ギルドに買い叩《たた》かれるよりも断然いい。そうしたら、なんかいい素材が出たみたいで、とても喜んでくれた。

そして、今、俺たちは第二の街「ジルトレ」にいる。

「始まりの街」からずっと東に移動して、ジル川という大きな川を越えてすぐのところにある街だ。それぞれ新しい街での活動があるので、冒険者ギルドで一旦《いったん》解散した。

俺はどうするのかって？　当然、転職してから来ている。この街に――正確にいうなら、この街の大神殿に行くには、その必要があったから。

そう。「始まりの街」の大司教様から、俺が大司教に転職したら、第二の街にある「ウォータッド大神殿」の神殿長に推挙《すいきょ》するって話があって……どうにも断れなかった。

「ウォータッド大神殿で、神殿長としての経験を積むことが、これからの貴殿にはとても大切です」

なんて言葉も態度もグイグイくるから、もしかして次の転職に関《かか》わるクエストに関係しているのかな？　と思ったのも、引き受けた理由になっている。

でもさ。俺、しがない大学生だよ。「長」がつく役職につくのなんて、自慢じゃないが初めてさ！

これからその大神殿に行くわけだけど、ヤバい。……ドキドキしてきた。

ゲームだ。これはゲームなんだ。手のひらに人という字を書いて……いやいや、相手はNPCじゃないか。でも、超リアルなNPCだ。そう、超リアルなんだよ（泣）。怖い人や偉い人には、妙な迫力が備わっているNPC。頑張れ、俺！　就職面接の予行演習だと思うんだ！

「ウォータッド大神殿の副神殿長様は、礼節を非常に重んじる方です。ですから、着任までに一通り学び直しましょう」

そう言われて、「始まりの街」のモノリス神殿では、挨拶《あいさつ》の仕方から儀式の作法、言葉遣《づか》いに立ち居振る舞い、さらには状況に合わせた表情の作り方まで。一時は神殿の仕事そっちのけで、寄ってたかって凄《すご》い特訓をされた。

ゲームなのに半端ない。何なのこれ〜って、内心叫んでいた。そして、いよいよ終わりというときに、

「付《つ》け焼《や》き刃《ば》ですが、なんとか形になりましたね。『ゲーム知識』に、今回の学習内容が登録されていますので、今後もご自身で修練を続けて下さい。次にお会いする時を楽しみにしております。主の御心《みこころ》が貴殿に届きますように」

なんて、いかにもゲームらしく締め括《くく》られた。まるでチュートリアルの再現だ。っていうか、そのものかもしれない。あそこは「始まりの街」で、あの神殿は、俺にとって最初のスタート地点であることを考えると、いわゆる延長戦みたいなもの。

はぁ。なんか今思い返してもため息がでる。

あんなに頑張ったのに、まだまだってことだよね。でもまあ、ここまで来たからには、次に行くしかないよな。よしっ！

……いや、でも待てよ。このジルトレの街には、なんとかっていう名物料理があって、スパイスが効《き》いていて、すごく美味《おい》しいって聞いている。一旦神殿に行っちゃうと、しばらく賄《まかな》いになるはずだから、今食べておいた方がいいかもしれない。うん、そうだ、そうしよう！

じゃあ早速《さっそく》、何処《どこ》に行けば食べられるのか、カウンターのお姉さんに聞いてみよう。

おっ！　この街の受付嬢は、「秘書風眼鏡《めがね》美女」なんだね。「始まりの街」の「優しげな隣の家のお姉さん」タイプも良かったけど、こっちのお姉さんも綺麗《きれい》だなぁ。

もしかして、ＩＳＡＯの運営と女性の趣味が一緒なのか、俺？　……いや、こんな美女なら、大多数の男が好きだと思うよ。うん、きっとそうに違いない。

［ユーザー名］ユキムラ［種族］人族［職業］正大司教（格★）［レベル］60
［ＨＰ］３３０［ＭＰ］２６０［ＧＰ］１２２０
［ＳＴＲ］90【60】＝１５０［ＶＩＴ］１１０【55】＝１６５
［ＩＮＴ］90【40】＝１３０［ＭＮＤ］４１５【１９５】＝６１０
［ＡＧＩ］70【90】＝１６０［ＤＥＸ］１１０【０】＝１１０
［ＬＵＫ］１００【20】＝１２０　Ｂｏｎｕｓ　Ｐｏｉｎｔ　０
《職業固有スキル》
【戦闘支援】身体強化　精神強化　属性強化　状態異常耐性
【結界】結界　範囲結界　拠点結界　聖籠《せいろう》
【浄化】浄化　範囲浄化　聖属性付与《ふよ》　祝聖（生物に聖属性付与）
【状態異常治癒《ちゆ》】毒中和　麻痺《まひ》解除　衰弱《すいじゃく》解除　混乱解除・魅了解除
【回復】回復　範囲回復　持続回復　完全回復
《スキル》※Ｓ／Ｊスキル空き枠　２
【ＪＰ祈禱《きとう》Ｖ】【ＪＳ疾病《しっぺい》治療Ⅳ】【Ｊ教義理解Ⅳ】【Ｊ聖典朗読Ⅳ】【Ｊ説法Ⅱ】

【J聖典模写Ⅳ】【J聖水作製Ⅴ】【J儀式作法Ⅰ（聖職者）】【J礼節Ⅰ（聖職者）】
【J天与賜物《てんよしぶつ》Ⅰ（聖職者）】※聖職者として振る舞うとき、周囲に対する「魅了」効果＋
【P頑健Ⅲ】
【S棒術Ⅳ】突き　打撃　薙《な》ぎ「連撃」【S生体鑑定Ⅱ】【Sフィールド鑑定Ⅰ】【S解体Ⅲ】
【速読Ⅳ】【筋力増強Ⅱ】【調理Ⅴ】【気配察知《さっち》Ⅱ】【暗視Ⅱ】【清掃Ⅱ】
《加護》【井戸妖精の友愛】【聖神の加護Ⅴ】

§　§　§

「始まりの街」の南方は湿地帯になっていたけど、それより東にある第二の街「ジルトレ」の南方は、広大な山岳地帯になっている。そして俺たちは今、その山岳地帯にある鉱山ダンジョンを目指して、狩りをしながら移動中である。

「おっ！　また亀《かめ》がいた！　ちょっと突っついて来るね」

〈ドゴン！　ドゴン！　ゴロゴロ〉

先ほどから、この丸っこい甲羅《こうら》を持つ亀を見つける度《たび》に、こうして「突き」で倒している。ドゴンドゴンと鳴っているのは、スキル技《アーツ》を使用した時の効果音《エフェクト》だ。

亀が危険を察知して、甲羅の中に頭を引っ込めるその前に、頭に狙《ねら》いを定めて棒で素早く突く。一撃じゃ無理だけど、［連撃］のスキル技《アーツ》を使えば、一回の攻撃で倒すことができた。おっと。もう一匹見つけた！

〈ドゴン！　ドゴン！　ゴロゴロン〉

たまに失敗すると、ビリヤードの玉みたいに亀がすっ飛んで行ってしまうけど、それはまあご愛嬌《あいきょう》だ。うーん。楽しい。

先日、「墓陵《ぼりょう》ダンジョン」に行った際、ついでに【棒術】も鍛《きた》えている。というのも、墓陵ダンジョンによく出てくるスケルトンには、［打撃脆弱《ぜいじゃく》］という特性があるからだ。

レイド報酬で手に入れた新しい武器――【金狼牙】は、見た目もカッコいいけど、性能も優《すぐ》れていて、打撃によるダメージが増える効果がついている。それを、ここぞとばかりに使ってみたら、スケルトンには非常によく効いたってわけ。

うん。墓陵ダンジョンで無双《むそう》していたのはこの俺です（なんて、盛り過ぎか）。

そしてスキルレベルが上がって【S棒術Ⅳ】になったところで、「連撃」っていうスキル技が出てきた。これが使ってみたら、また楽しい。

このエリアにゴロゴロいるグリーントータス（某配管工ゲームの亀に、見た目が激似）は、丸っこい緑色の亀なんだけど、一度の連撃で倒せてしまう。

ふっふっふ。ここでも無双さ（だから盛り過ぎだって）。

「無邪気な大司教様だな。あの姿をＮＰＣに見られたら、信者の数が減っちゃいそうだ」

「本当にね。でも、ちょっと減ったくらいが丁度《ちょうど》いいのかも。この間、治療待ちのＮＰＣの行列を見かけたけど、いくらなんでもあれは長過ぎ。それもたまたまじゃなくて、いつもそんな感じみたい。ユキムラさんも、今日やっと休みが取れたって言っていたし」

「うへぇ。ゲームでブラックとか……やだやだ」

「ガイさんは他人事じゃないんじゃないの？　街に着いてすぐに、鉱石を山ほど仕入れたと思ったら、ずーっと鍛冶場《かじば》に籠《こ》もってガンガン打ってたじゃん。更《さら》にそれでも足らずに、こうして素材を求めて鉱山へ向かっているわけだし」

「だってよ。石の宝庫なんだぜ、この街は。材料の兼《か》ね合いで、今まで作れなかったものもいろいろ試せる。そりゃあ、鍛冶師の血が騒ぐだろう」


新しく移ってきた第二の街「ジルトレ」は、その立地条件も影響して、かなり生産職向けの街であることがわかっている。特に鍛冶師にとっては仕事に必須《ひっす》の素材である各種鉱石が採《と》れる鉱山ダンジョンが近くにあるため、鉱石の流通が盛んで、生産者ギルドも活況を呈《てい》していた。

「確かに新しい街っていいよな。知らなかったレシピがいくつか得られたし、手に入る道具の質も上がった。だから、レアリティの高いアイテムを、サクッと作れるようになったよ」

「俺たちのレベルが上がったのもあるだろうけどね」

「そうだな。レイドと墓陵ダンジョンで、かなりレベルが上がった。墓陵ダンジョンなんて、まるで姫プレイだったしな。パワーレベリングされているみたいで、ちょっと申し訳ない気がしたくらいだ」

「その点については、ユキムラも楽しんでいたみたいだから、いいんじゃないの？」

「まあな。ユキムラが【浄化】をぶっ放すだけで、凶悪面《づら》のアンデッドたちが、みるみる溶けていったもんな。いや、この場合、成仏《じょうぶつ》したっていうのか？　大量湧《わ》きしたゴーストが一瞬で経験値《ち》に変わるのは、見ている方も爽快《そうかい》というか、なんか気持ちがよかった」

「さすが神官よね。アンデッドとは本当に相性がいいのね」

「あそこは経験値は美味《うま》かったけど、素材がな。皮革《かわ》が残らないのがネックだったな」

「まあ、ジンにとっては、あまり美味しいダンジョンとは言えなかったかもね。でも次は東の高原で牛狩りだし、皮も肉も沢山《たくさん》手に入るじゃない。私も楽しみだわ」

「牛って聞いたら、また食べたくなってきた。マジ美味かったよ。街の名物料理の『牛テールのシチュー、ジルトレ風』ってやつ」

「ああ、このゲームをやっていて良かったって思った。あれを食った時に」

「でも、いったいどういう仕組みなのかしら？　実際に食べているわけじゃないのに、舌《した》から脳に伝わるあの味覚。太らないから大歓迎だけど、あんな『これぞ洋食屋さんの味』をゲームで再現されたら、現実に戻っても普通の味じゃ満足できなくなる人も多いんじゃないかしら？」

「それな。実際にＶＲでの味覚を規制しようって動きもあるらしいよ」

「話を聞くと、規制賛成派の言い分もわからなくもない。ちゃんとした食事はＶＲで。ご家庭では栄養食品を。なんてなったら、食材店も飲食店も軒《のき》並《な》み潰《つぶ》れちゃうからな」

「それに、消化器官が退化するっていう説もあるらしいよ」

「何事もほどほどがいいのよね、きっと。消費者としては、美味しい方が嬉《うれ》しいけど。さて、ユキムラさんが戻って来たし、どんどん先に進みましょう」

こうして順調に鉱山ダンジョンに着いた俺たちは、各種鉱石をがっぽり採集して、ホクホク顔でジルトレに戻った。

《ポーン！》
《The indomitable spirit of adventure online（ISAO）のユーザーの皆様にお知らせ致します。予《あらかじ》めお知らせしていた通り、第二陣の受け入れを、○月○日より開始致します。それに伴い、ウェルカムキャンペーンとして、「街イベント」を開催致します。詳細につきましては、「お知らせ☆イベント詳細」をご確認下さいますようお願い申し上げます》
街イベント？　なになに。「お知らせ」をポチっと。
《第三回　街イベント「色妖精を手に入れよう！」開催のお知らせ。
イベント期間中、始まりの街とジルトレの街のあちこちに、いたずら好きの可愛《かわい》らしい色妖精が出現します。

　色妖精の好物である「花の蜜《みつ》」を妖精に渡すと、色妖精の好感度が上がります。

「花の蜜」は、イベント期間中限定で街の周辺部に出現するイベントモンスター、花モンスター「メル」を倒すことで、ドロップアイテムとして入手できます。

「花の蜜」には、N《ノーマル》とR《レア》の二種類があり、Rは入手率は低いですが、Nの三倍の好感度上昇効果があります。獲得した「花の蜜」は、ドロップしたプレイヤー専用のアイテムとなり、他のプレイヤーへの譲渡《じょうと》や販売はできません。

　色妖精は、赤・青・緑・黄・白・黒の六種類。

　各色の妖精それぞれに、好感度が設定されます。一旦プレイヤーから「花の蜜」を与えられた色妖精は、他のプレイヤーからは「花の蜜」を受け取らなくなるので、その個体については、他のプレイヤーと競合することはありません。

　イベント終了時に高い好感度を得られた色妖精は、イベント報酬として、皆様のところに「マスコット」として現れます（お一人様一体まで）。

　なお、入手した色妖精は、他のプレイヤーに譲渡や売買はできません（姿を現さないように設定することは可能です）。

　さらにイベント期間中、各色の色妖精ごとに、最も高い好感度を得た六名のプレイヤーに、獲得した色妖精に相応《ふさわ》しい特別衣装をプレゼント致します（同率一位が複数名いた場合は、対象者全員にプレゼントされます）。
※イベント期間中に限り、「花の蜜N」にはHP回復効果（小）、「花の蜜R」にはMP回復効果（小）が付与され、回復アイテムとして使用することも可能です（イベント終了と同時に「花の蜜」は回収されます）。
イベント期間は◯月◯日◯時～◯月◯日◯時まで。皆様是非《ぜひ》ふるってご参加下さい》

へぇ。街イベントってもう三回目なのか。

今まであった二回についても、告知を聞いたような気はする。だけど、他のこと（神殿の仕事とか神殿の仕事とか神殿の仕事とか）で忙しくて、全部スルーしていた。

色妖精……六色あるってことは、属性持ち、あるいは属性と関係があるのかな？　それと、マスコットってなんだ？　ペットみたいなものか？

あっ、説明がある。

《※マスコットとは、プレイヤーのアバターの周辺に現れ、様々な動作で皆様を楽しませる存在です。戦闘には参加できません（戦闘中は姿を隠します。その際、ステータス補正効果は継続します）が、フィールドや街中《まちなか》で活動の際には、プレイヤーのお供《とも》をし、若干《じゃっかん》のステータス補正・属性補正をプレイヤーに与えます。生産に、旅のお供に、是非入手を試《こころ》みて下さい》

うーん。この説明を見る限りでは、街中にいることが多い俺には、ちょっと気になる存在かも。少しだけど補正もつくっていうし、生産職だったら絶対に欲しがりそうだ。

でも手に入れるのは結構面倒《めんどう》くさそう。「花の蜜」って、いくつ集めれば妖精を入手できるか数は書かれていない。イベント期間からすると、かなり多い可能性がある。さて、どうしようかな。


……なんて考えていたけど、ただいまフィールド上に出ていて、絶賛狩り中です。

そう、メル狩り。花モン「メル」だ。

大の男が、ちっちゃな妖精さんを手に入れるために必死とか（本当は違うけど、そう見えちゃう）、知り合いに見つかると恥《は》ずかしいので、目立たないようにシンプルな神官服に着替えてやってきた。こういう時、地味メンで良かったとつくづく思う。これなら、大衆に埋没《まいぼつ》して目立たない……はず。

最近、街中を歩いていると、知らないＮＰＣが会釈《えしゃく》してくるのはきっと気のせい。だって俺は地味メンだもの。手を合わせて拝《おが》んでいる婆ちゃんが見えるのも錯覚《さっかく》に違いない。ＮＰＣには、プレイヤーのステータスがわかっているような気がしなくもないけど。


……で、まだまだ狩るつもり。さっきから随分《ずいぶん》と熱心じゃないかって？

いや、何もちっちゃい子が好きなわけじゃないよ（ないったらない！）。

だって、俺はどっちかっていうと、優しいお姉さんが好きだ（かなり好きだ！）。

じゃあ、なんでここにずっといるのかっていうと、これには深〜いわけがある（そうだ理由があるからやむを得ない！）。

街イベントが始まってすぐ、俺がいつものように厨房《ちゆうぼう》で賄《まかな》いを作っている（結構偉くなったのに相変わらず作っている。でも、これにもちゃんとした理由がある）と、いるんだ。目の前に。パタパタ飛んでいるちっちゃいのが。

で、ジーって調理中の食材を見ている。

で、やりやがった。小麦粉へとダーイブ・イン！

〈バッフン！　ボフッ！〉（粉・粉・粉・粉……あたり一面粉まみれ）

俺も上から下まで真っ白さ。

「はっはっは。神殿長様、やられましたね。もうそんな季節ですか」

（どんな季節？）

「色妖精は、花の蜜が好きなんですよ」

（それ知ってる）

「花の蜜は、この時期になると街の周辺に出没する花モンスターから採れます」

（それも知っている）

「一旦、妖精に目を付けられますと、蜜をあげるまでその子たちはいたずらを止《や》めませんよ」

「では、お言葉に甘えて早速出かけてきます。すみませんが、あとはよろしくお願いします」

（ありがとう！　おっちゃん。そうさせてもらう）

「ここは私がやっておきますから、神殿長様は是非、蜜を集めに行ってらして下さい」

（なんだって！）


……というわけだ。

ＮＰＣのおっちゃん（厨房の［料理長］である。そう、ここジルトレの街のウォータッド大神殿には、なんと専属の職業料理人がいる）の勧《すす》めで来ているわけです。はい。

リアルでは平日の午前中だからか、幸いフィールドに出ている人は少ない。これぞ学生特権。

……ってことで、狩って狩って狩りまくる。人が少ない分、ウハウハの入れ食い状態。「メル」たちごめんね！　俺の養分になってくれ！

なんかこの「メル」っていう花モンスター、あまりモンスターらしくないんだよね。接近すると、ピュッって蜜を飛ばしてくるだけで、たいしたダメージにはならない。

外観は、あの頭に花を咲かせた某カッパによく似た三頭身。こんな無害そうな生き物を撲殺《ぼくさつ》している俺って……はい。ゲームだから、もちろん遠慮なんてしないよ。

一応モンスターなわけで、どんどんいけちゃう。少しだけど経験値も入るし、蜜も集まる。

久々に思いっきり得物《えもの》を振り回しているうちに、なんだかとても楽しくなってきた。ちょっとタガが外れそう。危険がないから、この際、棒の扱いをいろいろ試してみたい。今の俺は、斉《せい》天大聖《てんたいせい》・孫悟空《そんごくう》だ（勢いでやる厨二病《ちゅうにびょう》）！

〈ブンブン、クル〉っと。

風圧を起こしながら、バトンみたいに片手で棒を回す練習をする。いい調子。

〈ドス、ドス、クル〉っと。

距離をはかって、回しては突く、回しては突くを繰り返したり、ときに打撃を混ぜてみたり。

こういう動きは竹刀《しない》じゃできないからね。クルって回すのがやたら楽しい。

〈ブンブン、クルクル、ドスドス、バコッ、クルクル……〉

大きくぶん回して、敵をまとめて弾《はじ》き飛ばす。こんな大技も豪快でいい。手元で回してタイミングを計りながら突いて叩いてまた回す。

このカッパ君は、頭頂部に咲いている花が弱点で、そこが潰れると一発でノックアウトできる。もちろん、その弱点を積極的に狙っていく。うまくぶん回しが当たると、まとめて何体分もの花が一斉《いっせい》に散っていくので、とても楽に倒せる。もう、どんどん行っちゃうもんね。

はい。調子に乗り過ぎました。ただ今ちょっと反省中。

念のためにログアウト用に仕掛けておいたタイマー。その音で、ふっと我に返ってアイテム

ボックスを覗《のぞ》いて驚いた。

・イベントアイテム［花の蜜Ｎ］ ４６８個
・イベントアイテム［花の蜜Ｒ］ １０２個

やだよ、俺。五時間近くもボッコしてたのか。

それにしても、蜜の数が多過ぎるんじゃないかって？ なんかね、三〇分くらい連続して花モンをボッコしていたら、ジャックポットっていうの？ 一定時間、ワラワラと凄い数の大量湧きが起こった。周りに人がいなくて独占状態なわけだから、いわゆる総取りだ。

フィールドの遠くの方でも、俺と同じようにモンスターに埋もれている人を見かけたから、俺だけじゃなくて誰にでも起こりえる仕様《しよう》だと思うけどね。

おっといけない。ログアウトしないと。昼飯《ひるめし》を食べて、講義を受けに行かなきゃ。妖精に蜜をあげるのは、帰ってきてからだな。リアルで夕方にログインすると、こちらはまた昼の時間帯になる。

明日は土曜なので、フィールドは超混《こ》むはず。だから明日は、今日採ってきた蜜を妖精にあげて、やつが大人しくしているうちに神殿の仕事を消化するつもり。

そしてすぐに翌日になって、予定通りログインした。

ただいま厨房でクッキング中だ。これも予定通り……じゃない。ちょっとイレギュラーな事態になって、蜜プリン、蜜ビスケット、果物の蜜煮と、お菓子を各種作製し、今は蜜カステラを焼いているところ。なんでそんなにお菓子作りをしているのかって？　それは、一言でいえばスキルのせいになる。

俺は、このジルトレの神殿に来た時点で、【調理Ｖ】を持っていた。さらに、職業固有スキルで「聖属性付与」ができる。

それを知った料理長の「おっちゃん」（フランシスという名前だけど、本人がそう呼ばれるのを嫌がるので、「おっちゃん」と呼んでいる）に、【調理】中に「聖属性付与」を使ってみることを勧められた。

……そうしたら、できちゃったんだよ。

「聖なるパン」や「清聖《せいせい》のスープ」、「戴福《たいふく》のかぼちゃ煮」といった、いかにもありがたそうな名称の、一過的にＭＮＤ＋とＬＵＫ＋を付与するという特別なステータス上昇《バフ》料理が。

最初に作ったときなんか、ＮＰＣ神官の人たちは涙を浮かべながら食べていた。副神殿長のクラウスさんなんて、賄い料理を前にずっと祈っていて、なかなか食べてくれなかったほど。

ＮＰＣ神官の人たちによれば、ＭＮＤ＋料理（聖属性バフ料理）を食べると、聖なる力が体に宿り、天国を身近に感じるんだとか。みんな期待を込めた目で俺を見つめてくるので、それからも折あるごとに作っていたら、「聖なるシリーズ」の料理レシピがどんどん増えていった。

さらに、俺が神殿にいない（ログアウトしている）間にも摘《つ》まめるものが欲しいとお願いされて、作り置きのできるお菓子作りにも挑戦することになったというわけ。

リアルでは、お菓子は買うものであって作るものじゃなかったから、当然、お菓子作りなんてやったことはなかった。でも、［料理長］であるおっちゃんの指導の下《もと》、指示通りに作業していったら、わりと簡単にレシピが手に入った。

レシピさえ揃《そろ》えば、あとはセミオートで作ることができるから、楽に増産できる。こういうところは、さすがゲームだなって思わざるを得ない。

そして、それだけじゃなくて、いかにも職業的なスキルも手に入った。

【J聖餐《せいさん》作製Ⅰ】ＭＮＤ＋５　ＤＥＸ＋５

あるんだね、こんなスキルが。当然、ゲーム製作者の誰かが思いついて仕込んでいるわけだけど、このゲーム、思っていたより奥が深いのかも。

それで、どうして今、そのお菓子作りをしているかといえば。

フィールドで集めて来た「花の蜜」をあげようと色妖精を探していたら、この間の子が、相変わらず厨房でフラフラしているのを見つけた。

……だけどね、その時にはもう、俺の作り置きしていた菓子類をもらって、ちゃっかり餌付《えづ》けされてやんの。おっさんや、神官たちに。

「花の蜜」以外も食べるのかよって驚いたけど、いざ本命の「花の蜜」を食べるように勧めてみても、なぜかプイッと顔を背《そむ》けて食わない。

バグか？　こんなところでバグなのか？　そう思って運営へメールしようとしていたら、

「『花の蜜』でお菓子を作ってみたらどうでしょう？」

そう「おっちゃん」が言いだして、目の前でパタパタしているちびっこも、ブンブン首を縦《たて》に振っていた。NPCが言い出すってことは、恐らくこれも仕様の内なんだよな、きっと。

この色妖精は、白いから聖属性だ。神官さんたちと同様に、天国を身近に感じたいのかもしれない。そう思ったので、それからずっと、お菓子作りをしているというわけだ。

作るそばから、すごい勢いで食べてるよ、この子。

ねえ、どこに入っていくの、それ？　亜空間《あくうかん》胃袋とか？　おかしいだろう、サイズ的に。

そして蜜菓子と一緒に、通常のお菓子もバンバン作っている。だってついでだし、だいぶ作り置きが減っていたから。うん、沢山できた。今日の「仕事」は、もうこれでいいや。

狩ってきた「花の蜜」を全部お菓子に変えたので、今日はログアウト。

……なんか甘い匂《にお》いを嗅《か》ぎ続けたせいか、胃がもたれているような気がする。食欲が湧かないや。シャワーを浴びたら寝てしまおう。

そんなゲーム生活をしばらく続けていたら、
《ピコン！》
《おめでとうございます。色妖精があなたの仲間になりました。名前をつけてあげましょう》
おっ。もう獲得アナウンスが来たのか。思っていたより早かったな。
そうか、名前。名前ねえ。
こいつはかなり食いしん坊だから、お菓子っぽい名前がいいかもしれない。白いお菓子っていうと、マカロン……はカラフルだから却下。綿飴《わたあめ》……は、一見よさそうだけど、ベトベトしている上に萎《しぼ》んでしまうイメージだからやめて、大福とか……あっ、なんか睨《にら》んでいるからこれもやめておいて、ババロア……は婆さんみたいだしな。やめろ、突《つつ》くなって！
よしっ、これに決めた！
《色妖精（白）》［名前］メレンゲ［レベル］1［HP］5［MP］5
【妖精の服】効果なし【妖精の接吻《せっぷん》Ⅰ】MND＋10付与　聖属性スキルの効果上昇（小）
パタパタも名前を気に入ったみたいだ。おっと、もうメレンゲだったたな。だから睨むなよ。
ちっとも怖くないぞ。これからよろしくな。はい、指で握手。にぎにぎ。ちっちゃい手だな。
それにしても、随分と順調に手に入った。これでイベントも終了か……って、おいっ！　何ツンツンしてるの？　だから、突かない。えっ、やめちゃダメ？　それはつまり、もっとお菓

子を作って食わせろってこと？　太るぞ。おい！　だから、やめろって。

ち・が・う？

スカートめくって何してるの？　ちびっ子のパンツが見えても嬉しくないぞ（本当だぞ！）。

ピラピラ？　パタパタ？

ああ、衣装か。特別衣装が欲しいのか。ちびっ子でも一応女の子だもんな。だから、突くなって！　わかった。わかった。わかりました。ハイハイ、蜜を採りに行けばいいわけね。

あーあ。ブンブン首振って頷《うなず》いてら。仕方ないな、もう。

まあいっか。棒振りも楽しいから。イベント期間中は、付き合うとしますか。

《ピコン！》
あら、ユキムラさんからのメール。なにかしら？
《キョウカさん、こんにちは。お忙しいところすみません。いきなりですが、キョウカさんは、妖精イベントをやっていますか？》
《はい。やっています。でもまだ全然進んでいないの。ちょっとこのところ、リアルが忙しくて。これから巻いていく予定です。ユキムラさんは調子はどうですか？　順調？》
《はい。順調です。じゃあ、ちょうどよかったかも。多分なんですけど、「花の蜜」は、そのまま妖精に与えるよりも、お菓子とかに加工してあげた方が、好感度が上がりやすいような気がします。その際、妖精の色と対応する属性をお菓子に付与するのが、おそらく効果的です。うちの子が変わっているだけかもしれないですが、NPCの料理長も加工することを勧めてきたので、端《はな》からそういう仕様なんじゃないかと思います》

ユキムラさんからの貴重な情報。リアルが忙しくて、イベント情報はあまりチェックしていなかったけど、こんな話だったら、すぐに生産ギルドで噂《うわさ》になる。でも、全く聞いたことがないということは、おそらく初出の情報に違いないわ。そして、比較的慎重な性格のユキムラさんが知らせてくるってことは、かなりの手応《てごた》えがあったのかも。つまりもう？

《えっ！　本当ですか？　というか、もしかしてユキムラさん、もう妖精をGETしたの？》

《はい。先ほど、獲得しました》

早い！　欲しがる人は周りに沢山いるけど、まだ入手した人はいないはず。

《おめでとう！　こんなに早くなんて凄いわ！　それに、貴重な情報をありがとう。

私も【調理】スキルを持っているので、是非試させてもらいます。この話、いつものメンバーに教えてもいい？　もちろん、他のプレイヤーには情報を漏《も》らさないように念を押した上でよ》

《はい、もちろんです。ただ、ちゃんと検証したわけではないので、あくまで可能性の話としてお伝え下さい》

《了解です。ユキムラさんは、まだイベントは続けるの？》

《はい。衣装が欲しいって妖精がしつこいので、できる範囲で挑戦してみようかと》
《そっかあ。マスコットって、そんなに意思の疎通《そつう》ができるのね。情報も頂いたし、これは私も是非GETしなくては》
《お互いに頑張りましょう!》
《そうね、頑張りましょう! ランキング頑張ってね。ありがとう》

キョウカさん、喜んでくれたかな? 良いヒントになったら嬉しいけど。俺も、そう上手《うま》くいくかはわからないけど、ランキングに載れるように頑張ろうっと。

第三回　街イベント「色妖精を手に入れよう!」結果
《色妖精（白）》［名前］メレンゲ　［レベル］1 ［HP］5 ［MP］5
【妖精の服】【渾天《こんてん》のドレス（翼）】MND+20　耐久（破壊不可）
※イベントランキング報酬・特別装備
【妖精の接吻I】

3　掲示板③

【街イベント】妖精さんと一緒【Part2】

1. 名無し

The indomitable spirit of adventure online（ISAO）の
妖精イベント情報交換用スレ。
荒らしはスルー。特定プレイヤーへの粘着・誹謗中傷禁止。マナー厳守。
次スレは **>>950**
前スレ【街イベント】妖精さんと一緒【Part1】 http://****************

649. 名無し

もう妖精GETした奴おる?

650. 名無し

さすがにまだいないだろ

651. 名無し

だよな。最終的に蜜をいくつ集めればいいか分かる?

652. 名無し

さすがに数百とかじゃない気がする。数千くらい?

653. 名無し

1500でまだダメだった。ちなNとRを合わせた数な

654. 名無し

三日目でもう1500かよ、それって多くね?

655. 名無し

人の少ない時間帯ならジャックポットを狙える
それを考えると1500はそれほど難しくないよ

656. 名無し

イベントって三週間だよな、間に合うのかこれ?

657. 名無し

平日にマメに稼いで、週末にまとめてやればいくかな
今までのイベントからすると、たぶん必要数は2500かそこら辺だと予想
新規組もいるから、あまり無茶な設定はしていないはずだ

658. 名無し

2500かぁ。多いけど確かにそれくらいなら、手の届かない数字ではないか
イベントの終盤の方が、モンスは出やすくなると思うよ

813. 名無し

おいっ!　もう妖精GETした奴を見たぞ

814. 名無し

えっ、もう?　いくらなんでも早くない?

815. 名無し

>>813
それ何色だったか分かったら教えて

816. 名無し

>>815
たぶん白、じゃなければ黄色
神父みたいな格好だったから、白で合っていると思うが

817. 名無し

よしっ!　俺の競争相手じゃないな。ちな、緑狙い

818. 名無し

白はあんまり人気がない色だしな。逆に緑はかなり人気がある

819. 名無し

>>818
なんでそう言えるの?

820. 名無し

>>819
白はMND+の聖属性だから、欲しがるのは神官系だけ
でも神官系戦闘職は白を選ぶとは限らない
それに対して緑は戦闘職全般が欲しがる

821. 名無し

>>820　それで結局、何が一番人気なわけ?

822. 名無し

>>821
赤　STR　火属性→戦闘職・鍛冶師
青　VIT　水属性→防御職
緑　AGI　風属性→戦闘職
黄　DEX　土属性→生産職
白　MND　聖属性→神官
黒　INT　闇属性→魔術師
あくまで予想な
赤・青は、武器や防具で補正が効きやすいステータスだから
そういうので上げにくいAGI+の緑の方が人気があると思う
魔術師は黒にするか属性で選ぶか迷うだろうな
黄は生産職が取りそうだ。一番人気は緑か黄ってとこかね?

823. 名無し

>>822　解説サンクス
衣装は無理っぽいから、妖精が手に入ればいいや
効率よく蜜を集めるには、やっぱり深夜に狩るのがいい?

824. 名無し

>>823
それか平日午前中な
ワイ、サービス業で土日仕事、平日休みのシフトだから結構稼げている
ジャックポットを丸々総取りできるのが美味しい

825. 名無し

裏山。俺は今度の週末頑張らないと無理め

826. 名無し

俺はもうちょっと頑張れば行けそうだ
とにかくまめにログインすることだな

827. 名無し

みんな早いな。俺、平日はブラックだから絶対に無理。

828. 名無し

俺もだ。そのうち、検証班が
効率の良いやり方を教えてくれるのを期待している

829. 名無し

あーあ。通勤中にできるVRとか出ないかな

830. 名無し

>>829　さすがにそれはヤバイだろ。無防備過ぎる

831. 名無し

>>829　電車なら身ぐるみ剥がれそう

832. 名無し

>>831　車だと命が剥がれる

833. 名無し

確かにw

834. 名無し

やばいねそれはw

《ピコン！》

《こんにちは。キョウカです。イベントお疲れ様でした。

ユキムラさんのおかげで、みんな無事に妖精を手に入れられました。情報ありがとう。本当に助かりました。やってみて、バフ料理で好感度アップの仕様《しよう》は、あると思いました。やってみた人は全員、周りより獲得が早かったです。

それで今週末、ゲーム内でイベントの打ち上げをしようって話になったのですが、ユキムラさんのご都合はどうかしら？　場所は、いつもの酒場の予定です。ご都合のよいお時間をお知らせ下さい。

話は変わりますが、また、布地への聖属性付与《ふよ》をお願いできますか？

ご存知かもしれないけれど、ウォータッド大神殿から神官服の注文を受けているの。ギルドから指名依頼が来て、びっくりしちゃったわ。こんなことがあるのね。

クラウス副神殿長という方にお会いしたら、ユキムラさんに作った典礼《てんれい》服をとても褒《ほ》めて下さって、式典用に何着か欲しいというお話でした。

腕が鳴るわ。この際、ユキムラさんの典礼服も色違いのを作るつもり。もちろん、お代は気にしないでね。布への付与代と、イベント情報のお礼だから。前よりもいいものができると思うので、楽しみにしていて下さい。長文、失礼しました。　キョウカ》

4 〈閑話〉二人のユキムラ

俺の名はユキムラ。

職業は刀士《とうし》、つまり侍《さむらい》だ（本当は見習い刀士だけど、すぐに刀士になるからこれでいい）。

ユキムラの名前はもちろん、「六文銭《ろくもんせん》」の「真田幸村《さなだゆきむら》」から貰《もら》っている。そして幸村と言えば当然これ。

「日本一《ひのもといち》の兵《つわもの》」に、俺はなる！

そんな俺は、ただいま念願のＩＳＡＯ中だ。第二陣だけどな。しかし俺の活躍は、これから流星のように歴史を刻《きざ》み、一等星のように燦然《さんぜん》と輝く。だから全く問題はない。さっさと第一陣に追いついて、すぐに追い越してやる。そして、俺の名を天下に知らしめる。

いいか、みんな見てろよ！

《第二の街「ジルトレ」冒険者ギルド》
来てやった。「始まりの街」をすっ飛ばして、早々と第二の街に。
道中出てきたカッパみたいな敵を、一刀のもとにバッタバッタと両断し、とうとうここまでやって来た。レベルもかなり上がっている。さすが俺。

「イートインみたいなのがある。お兄ちゃん、ちょっと休もうよ。ＩＳＡＯって、食べ物や飲み物が美味《おい》しいんだって。それなのに、ゲームを始めてからまだ蜜《みつ》しか飲んでないよ」

……妹よ。せっかくの雰囲気《ふんいき》がぶち壊しじゃないか。お前は情緒がなさ過ぎる。

しかし、飯《めし》か。旨《うま》いのか。それなら試してみてもいい。「腹が減っては」って言うしな（「武士は食わねど」ってやつも知っている）！　ちなみに、ことわざは得意な方だ。

「ナデシコ、先に席をとっておけよ。俺は常設依頼の報告をしてから行く」

そうしないと金がないからな。なんとも世知辛《せちがら》いゲームだぜ。

「依頼の報告ですね。では、ギルドカードの提出をお願いします」

ふぅん。ここのねーちゃんも随分《ずいぶん》と美人だな。でも疑問。なんで受付嬢が年増《ババア》なんだ？　チラ見しただけだけど、「始まりの街」の受付嬢も年増だったし。

やれやれ。わかってないな運営ってば。受付嬢といえばＪＫ的な猫耳ギャル。これに決まっている。お約束はちゃんと守ってくれないと。

「合計３６００Ｇになります」

うわっ、怖え。なんか睨《にら》んできたよ。接客態度が悪過ぎないか？　いや、ＮＰＣがそんなことするわけないか。ＮＰＣの連中は所詮《しょせん》ＡＩ。パターンでしか動けないはずだ。だから、気のせい、気のせいに違いない。よし。金も手に入ったことだし、メシを食うとするか。

「お兄ちゃん、どうだった？」

「わりといい金になったぞ。渡しておくな。美味《うま》そうな飯はあったか？」

「んっとね。オススメはこれみたい。ジルトレ名物のシチューだって」

「ふーん、シチューか。悪くない、それでいいや。注文よろしく」

「うん、行ってくるね」

しかし、空《す》いている。やけに静かだ。冒険者ギルドって、もっとザワザワしているものじゃないのか？　まあでも仕方ないか。第二陣はまだみんな「始まりの街」にいるんだから。

俺たち以外はなっ！

しかし、第二陣の先陣を切るのも大変だ。なにしろ金が足りない。でも、先に来たはずの第一陣はいったいどこにいるんだ？　カウンターには誰も並んでない。過疎《かそ》か？　受付嬢が猫耳じゃないから、この街を見限ったとか。きっとそうだ。俺もどこかにいる猫耳を探しに行こう。

「常設依頼の報告をお願いします」

おっ。そんなことを考えていたら、カウンターに人が来た。

背が高いな、あいつ。く、悔《くや》しくなんかないぞ。俺はこれから成長期が来るんだ。そうだ、そうに決まっている。あいつは装備からして坊主《ぼうず》みたいだし、顔もやけに地味だ。ＮＰＣと区別がつかない。だから、俺の敵じゃあない。うん、敵じゃない。

「あら、ユキムラさんお久しぶりです。ギルドカードをお預かりしますね」

……な……なんだと！

ユキムラ？　今、ユキムラって言ったか？　ユキムラはこの俺だ。「日本一の兵」だ。そうだ、日本一だ。日本二でも日本三でもない。だからユキムラは、一人じゃなくちゃいけないのに。

「お兄ちゃん、シチュー頼んできたよ。やだ。怖い顔してどうしたの？　って、お兄ちゃん、どこに行くの？　ご飯は？」

「おい、お前。俺と勝負しろ！」

「えっ？　勝負？」

「お前、ユキムラってんだろ？　俺も、いや俺こそが本物のユキムラだ。だから勝負しろ！」

「名前？　……ああ、ユーザー名が同じなんですね。でも、ISAOではユーザー名は重複可だし、カタカナ表記しかできないから、被《かぶ》りもあるんじゃないですか？」

「そんなごたくは聞きたくない。とにかく本物のユキムラは俺だ！　だからつべこべ言わずに、侍なら潔《いさぎよ》く勝負しろ！」

突然の対人戦に、まばらではあったがギルド訓練場には見物人が集まってきていた。

「おい。どっちが勝つと思う？」

「んー。まあ決まりかな。神官服の方は、時々見かける顔だから第一陣だろ？　で、喧嘩《けんか》売った小僧《こぞう》の方は、戦闘職みたいだが装備を見る限りじゃあ第二陣っぽい。レベル差からいったら、まだ神官の方がかなり強いと思うぞ」

「だよな。これじゃ賭《か》けにならないよな」

「えっ？　木刀《ぼくとう》でやるの？　小僧の方が『刀《かたな》で勝負だ！』って喚《わめ》いているみたいだけど」

「マジ？　相手は神官なのに？　木刀でワンチャン狙《ねら》いか？」

「あっ！　神官の方が木刀に持ち替えた。マジかよ」


「そもそも、なんでこんな勝負をすることになったわけ？」

「俺はホールで成り行きを聞いていたからわかる。ユーザー名が被っているって小僧がいきなり怒り出して、『勝負だ！』って、神官に吹っかけていた」

「あー。つまり困った君か。ユーザー名被りなんて、このゲームじゃ当たり前なのにな。なにせ制限なしなんだから」

「有名戦国武将なんて、被らない方がおかしいよ。実際、『ノブナガ』とか二桁《けた》以上いるし」

「ノブナガなの？」

「いや、『ユキムラ』。真田幸村。みんなが知っている有名武将だな」

「本名かもしれないって考えないのかね。神官で『ユキムラ』とかあまりつけなさそう」

「神官で『ユキムラ』？　……ちょっと待て。うわっ、やべえ。あの小僧、社会的に逝《い》ったわ」

「ん？　どういうこと？」

「あの地味顔。そうだよ間違いない。あの神官、『神殿の人』だ」

「マジ？　この街で『神殿の人』に喧嘩売るとか、面白《おもしろ》過ぎ。この話、掲示板に流すか」

「あれが『神殿の人』かぁ。ＮＰＣの好感度がヤバイらしいね。なんでも、『神殿の人』の通った後は、ＮＰＣが次々とお辞儀《じぎ》をしていくから見通しがよくなるって噂《うわさ》を聞いた」

「本当かよそれ？　おっ、始まったぞ」


「……あれさ。どうみても武道経験者だよな。構えが全然違う」

「神官さんの方だよね。わかる。型が決まっている。付け焼き刃《つけやきば》じゃ、ああはいかない。で、一方の小僧の方は、あら……なんか特撮レンジャーみたいだな。決めポーズかって！　気合いだけは感じるけど」

「リアルスキルが違い過ぎ。ステ差もあるし、こりゃ勝負にならないな」

「そっかぁ。神官なのに『ユキムラ』なのは、リアルで剣道か何かやっているからなのか」

「踏み込みが速《はえ》え。剣速も速い。神官なんだから、【剣術】は持っていないんだよな？　リアルスキルって凄《すご》いな」

「おっ。決まった。勝負ありだ」

「観戦乙」

「さて行くか、いい休憩《きゆうけい》になったな」


「ごめんね。刀を持った勝負では、手抜きはできないんだ」

奴《やつ》はそう言って去って行った……悔しいがカッコいい。それでこそ俺のライバルだ。

「お兄ちゃん、大丈夫？　もう！　ゲーム始めたばかりでこれだなんて、超信じられない。シチューだってせっかく頼んだのに、テーブルに置いてきちゃったんだからね」

「ナデシコ……男には勝負しなくちゃならない時があるんだ」

「知らない人に喧嘩を売ることのどこが勝負よ！　あんまり変なことばっかりするなら、パーティは解散だよ」

「ふっ。所詮、女にはわかるまい」

「何言ってるの、このバカ兄貴！」

§　§　§

私はナデシコ。弓術士《きゆうじゆつし》よ（本当は見習い弓術士。だって始めたばかりだもの）。

ナデシコの名前は、大好きなアイドルユニット「戦乙女《いくさおとめ》　フラワーキューティ」の「キューティ撫子《なでしこ》」からもらったの。彼女たちは、人気アニメ発の武装コスプレをした五人組の女の子。以前、イベントで見かけて大ファンになった。

刀の桜《さくら》・槍《やり》の椿《つばき》・斧《おの》の山吹《やまぶき》・盾《たて》の桔梗《ききょう》、そして弓の撫子。色違いの袴《はかま》を身につけて闘う姿は、可憐《かれん》で、でも颯爽《さっそう》としていて、とてもカッコいい。

そんな、撫子みたいな強くて可愛《かわい》い女の子に……私はなりたい。


そういう私は、ただ今絶賛ＩＳＡＯ中。始めたばかりの初心者です。やたらテンションが上がっているお兄ちゃんが心配だけど、パパと約束してやっと始められたＩＳＡＯだもの。いくらお兄ちゃんだって無茶はしないはず。

あれ？　お兄ちゃん、どこに行くの？　初心者ダンジョンの入口はあっちだよ。そっちにそのまま行ったら、初心者エリアから外れちゃうのに。


来ちゃいました。「ジルトレ」の街の冒険者ギルドに。

うっかり忘れていたけど、今は第二陣のウェルカムキャンペーン中で、「始まりの街」と「ジルトレ」の街の間の草原にはイベントエリアが設定されている。だからそこは、普段の敵よりもずっと弱いイベントモンスターの「メル」ばかりが出てくる。

「メル」ちゃんには申し訳なかったけど、お兄ちゃんに群がっているところを一匹一匹着実に射倒《いたお》して行ったの。楽しかった。リアルで弓道をしているのに加えてゲーム補正もあるから、最初から命中してくれた。そのおかげでレベルはそこそこ上がったけど、「ジルトレ」に来るにはまだ早いはず。ウェルカムキャンペーン中だけならいいかな？

私がＩＳＡＯを手に入れてから実際に始めるまで、およそ二カ月もあった。本当に、やっとここまで来れた。友達に勧《すす》められて応募した懸賞《けんしょう》が、まさかの当選！　ＩＳＡＯのゲーム一式が正式配信開始前に届いた時は、お兄ちゃんが大騒ぎして家中が大変だった。

可能なら、お兄ちゃんにあげてもよかったんだけど、転売防止のために懸賞に当たった本人しか登録できないようになっていた。

お兄ちゃんが、成績とか進路とかを条件にパパと交渉《こうしょう》して、ＶＲギア同梱《どうこん》セットを入手したのがつい最近。それまでは、お兄ちゃんの手前ＩＳＡＯを始めるわけにもいかず、攻略サイトを調べたり、パソコンでこっそりアバターを作ったりするので精一杯《せいいっぱい》。

でも時間をかけた分、アバターの完成度はなかなかで、いい感じにキューティ感を取り入れられたと思う。髪の色は、「キューティ撫子」と同じパステル・ピンクよ。

そして前途多難。ログインしてすぐにお金がなくなった時は、本当にどうしようかと思った。

お兄ちゃんたら、もっといい刀を買いたいからお金を貸してくれって粘《ねば》るんだもの。初心者装備として配布された刀は結構使えるはずなのに。

ここで換金して、やっと少しだけどお金が手に入った。あとでお店でも覗《のぞ》きに行こうっと。

「おじさん、シチューを二つお願いします」

「あいよ。大盛りと普通盛りがあるが、どっちにするかい？　大盛りは一杯２００Ｇ、普通盛りなら一杯１５０Ｇだ」

「二つとも普通盛りでお願いします」

「はいよ。出来上がり次第《しだい》、テーブルに運ぶから、座って待っていてくれ」

「はーい」

あれ？　お兄ちゃん、何で立ち上がっているのかな？　それになんだか雰囲気がおかしい。

「お兄ちゃん、シチュー頼んできたよ。やだ。怖い顔してどうしたの？　って、お兄ちゃん、どこに行くの？　ご飯は？」

お兄ちゃんが、ギルドカウンターの前にいる男の人のところに行っちゃった。

「おい、お前。俺と勝負しろ！」

やだ、信じられない。

なんで、いきなり喧嘩を売っているの？　他人に迷惑をかけないって、パパと約束したじゃない。なのに、知らない人に喧嘩を売るとか迷惑そのもの。マジありえない。

仕方なくギルド訓練場に来たわけだけど、ん、無理。お兄ちゃんじゃ勝てないどころか、ハナから相手にならない気がする。

喧嘩を売った相手の人は、体幹《たいかん》がしっかりしているし姿勢もいい。リアルでちゃんと鍛《きた》えている人だと思う。身長は一〇センチ……いえ、一五センチくらいお兄ちゃんより高い。それに、この街にいるなら、きっと第一陣だよね。


「刀で勝負だ！」

えっ？　あの人、どう見ても神官職だよ。なのに武器指定で「刀」？

一方的に喧嘩を売っておいて、自分の有利な武器を指定するなんて、状況がわかってないの？　そんなことしたら、卑怯者《ひきようもの》って言われちゃう。お兄ちゃん、ヤバイよそれ。掲示板で愉快《ゆかい》に拡散だよ。

ありゃ。相手の人も木刀に持ち替えちゃった。仕方ないって表情《かお》をしている。ゴメンナサイ、ゴメンナサイ。お兄ちゃんが迷惑かけて本当にゴメンナサイ。

でも、あの人の構えカッコいい！

刀を持った途端《とたん》に、急に雰囲気が切り替わった。背筋《せすじ》に一本芯《しん》が通っていて、フラワーキューティの桜ちゃんみたいに凛《りん》としている。

それで、お兄ちゃんは……うん。見なかったことにしたい。「ゲーム同好会」所属で、ほぼ帰宅部のお兄ちゃんには、あれが精一杯なのでしょう。

速い！　一瞬で決まっちゃった。

「ごめんね。刀を持った勝負では、手抜きはできないんだ」

こちらこそゴメンナサイでした。


あとでわかったことだけど、相手の人は攻略サイトに必ず名前が挙がるような、超有名プレイヤーだった。それもNPC好感度のページで。そして神官職のページでも。

あの勝負？　の後、街に買い物に行ったら、NPCの人たちが、どこかお兄ちゃんによそよそしい。たぶん、気のせいじゃないと思う。私には普通に愛想《あいそ》がいい店員さんが、お兄ちゃんを見ると表情が変わる。お兄ちゃんは、NPCはAIに過ぎないって思っているせいか、まだ気づいてないみたいだけど。

それに、さっき情報サイトをチェックしたら、掲示板で早速《さつそく》お兄ちゃんのことが話題になっていた。第二陣の馬鹿《ばか》一号って呼ばれてたよ。始めてすぐにこれは、どうかと思う。

……溜息《はあ》。

お兄ちゃんのお目付役《めつけやく》をするようにって、パパから言われている。その代わりに、ISAOの月々の利用料金を払ってもらう約束だから、逃げるわけにもいかない。

ナデシコ、大ピンチ！　でも負けない！　だって、フラワーキューティは、どんなに敵が強くても、どんな逆境でも逃げないし、立ち向かっていくもの！

力を貸して、フラワーキューティ。私、頑張って強くなる。とりあえず、「メル」を倒して妖精を手に入れるわ。だってキューティたちも、それぞれ色違いの「花の妖精」が友達になる。だから、妖精さんは絶対に手に入れるんだから！

「お兄ちゃん、メル狩りに行くわよ」

「おう。いきなり積極的だな。だが望むところだ！　行こう、我が妹ナデシコよ！」

◆二人のユキムラ　後日談

「なあ、俺なんか周りの奴らに、バリバリ意識されてないか？」

「そう？　気のせいじゃない？」

「いや。気のせいじゃない。街中《まちなか》や店のＮＰＣが、俺を見ると急に真顔《まがお》になる」

「ふうん。どうしてだろうね」

「参ったなぁ。俺が天下を取るのは、まだだいぶ先だっていうのに、ＮＰＣにはわかっちまうのか。ハイスペックだな、このゲームのＡＩは」

「いや。それ、ないから」

「センダンはフタバより何ちゃらっていうしな！　やれやれだ」

「やれやれ。でもまあ、よく知ってたね、そのことわざ」

「まあな。センダン、つまり『潜在能力を秘めた男子』……まさに俺のことだしな」

「……お兄ちゃん、それ誰に聞いたの？」

「クラスのダチだ」

「ふぅん。……友達は慎重に選んだ方がいいよ」

「ふっ。人気者はつらいぜ！　フタを開けたらバーン！　だしな。」

「だ・か・ら、友達は選ぼうよ！」

5　祭礼

おはようございます。今日も絶賛、お務《つと》めの真っ最中の俺です。

……といっても、今日のはいつもと全然違っている。そう、この大聖堂の中は人でいっぱい。一体、どこからこんなに集まったの？　そう思うくらいに、一般NPCで満ち満ちている。

参加者の誰もが私語を慎《つつし》み、儀式は粛々《しゅくしゅく》と進行している。でも、その雰囲気《ふんいき》は静寂《せいじゃく》とは異なっていた。やけに臨場感満載で、さっきから静かな熱気で煽《あお》られまくりだ。ホントこのゲーム、こういうところが出来すぎだよ。

こんな泣き言めいたことを言うのは、今の状況のせいだ。ここに集まった全員が見つめる先は、ただ一点。何百もの視線が、今まさに壇上にいる主催者……つまり、この俺に注がれているんだから。

大聖堂の中は薄暗く、堂内には常《つね》にはない数多くの燭台《しょくだい》が配置されていた。不思議な温《ぬく》もりを伴《ともな》う橙色《だいだいいろ》の灯《あか》り。燭台から放たれた灯火は静かに揺らめき、幻想的な陰影を作り出す。堂内を飾る凝《こ》った装飾や神々の聖像が、暗闇《くらやみ》の中に柔らかなラインでぼんやりと浮かび上がる様《さま》は、なんとも言えない荘厳《そうごん》な雰囲気を演出していた。

こういった蠟燭《ろうそく》の灯りには、実際にいろいろな意味や効果があると聞いたことがある。

・不浄を燃やし、魔を退《しりぞ》ける。
・心の闇を照らし、明るい道へと人々を導く。
・緊張を緩《ゆる》め、心身を落ち着かせ、癒《いや》しを与える。

でもどうやら、最後のやつは俺には全く効《き》いていないみたいだ。だって俺、今、めっちゃ緊張しているから！

祭壇前には、煌《きら》びやかな典礼《てんれい》服に身を包んだ神官たちが、横一列に立ち並んでいる。そして祭壇上には、金銀で装飾された数々の祭具が並べられ、眩《まばゆ》いばかりの輝きを放っていた。

……………ヤバい。

自分の鼓動《こどう》が聞こえてきそうだ。こんなに大勢の人（ＮＰＣとはいえ）に見つめられるのは、

もちろん生まれて初めての経験で超緊張する。

……どうしよう。手に汗《あせ》をかいてきた（アバターだから、あくまで気分的なもの）。だ、大丈夫だ。あんなに練習したじゃないか。いつもの練習の通りにやればいい。

深呼吸《スーハー》。

上手《うま》くやろうなんて思わなくていい。失敗しなければ、それでいい。

焦《あせ》るな……そう、焦らない。動作はゆっくりでいい。いや、むしろゆっくりの方が好ましいくらい。せっかちに進めると威厳《いげん》がなくなるって、何度も注意されているし。

よし。あともう少しで終わる。

落ち着け……誰もこんな地味な俺の顔なんか見ちゃいない。この荘厳な雰囲気に酔っているだけだ（そもそもみんなＮＰＣだけどな！）。


とりあえず、第一段階が終了した。

なんとか最初の俺の出番は無難に乗り越えられた。やっぱり練習って大事だなって思った。

これからしばらくはクラウスさんの出番だから、俺はここで静かに立っていればいい。だからって、気を緩めちゃダメだ。この間に、次の段取りをイメトレしておかなくては。

それで、……今更《いまさら》だけど、なぜこんなことをしているかというと、実はこれが、この大掛かりな祭礼こそが、俺の上級職への転職クエスト（の最初のひとつ）だからだ。

「お疲れ様でした。無事、祭礼の大役を務め上げられたことを、心よりお慶《よろこ》び申し上げます。これにより、神々のご威光《いこう》が、ますます民に行き渡ることでしょう。本日は、ゆっくりおやすみ下さい。では、失礼致します」

〈パタン……〉

ドアの静かな開閉音と共に、クラウスさんが出て行った。


ふーっ。……終わった。マジ疲れた。精神的疲労が半端ないんですけど。こんなのを、あと五回もやるの？　勘弁《かんべん》してくれよ。

これからの転職は、今までと違って一筋縄《ひとすじなわ》ではいかなくなる。

中級職までは、「格★」とレベルと必要スキルが条件を満たせば、それでもう次の転職先が選択肢《し》として出てきた。しかし今回以降、⑤次職以上の上級職になるには、専用の転職クエストをいくつも消化する必要がある。俺の場合は、「神殿の六祭礼を全《すべ》て執《と》り行うこと」になるそうだ。

ちなみに、「六祭礼」とは次の通り。

「華燭祭《かしょくさい》」火の祭礼
「蜉蝣祭《かげろうさい》」水の祭礼

「碧風祭《へきふうさい》」風の祭礼
「豊穣祭《ほうじょうさい》」土の祭礼
「宵闇祭《よいやみさい》」闇の祭礼
「煇煌祭《きこうさい》」光の祭礼
見てわかる通り、全て六属性に関《かか》わる祭礼だ。
これらはインスタンスエリアで行われるので、祭礼に参加するプレイヤーは、クエスト対象である俺一人。周りにいるのは、全員NPCになる。
クエストの開始・中止をプレイヤーの都合に合わせても周囲に影響が出ないように、また、同時期に複数のクエストが重なっても大丈夫なようにと、こういう仕様《しよう》になっているそうだ。

今日クリアしたのは、火の祭礼である「華燭祭」だ。

次は「豊穣祭」を予定していますって、クラウスさんは言っていた。祭礼は、準備と練習にかなり時間を割《さ》かれるから、一体いつになったら終わるのか、今から心配になってくる。

……先は長いな。

でも、祭礼を全て消化すれば、確実に「格★」はMAXになるそうなので、要は考え方次第《しだい》。

レベル上げをしながら、ゆっくりと進めていけばいいのかもしれない。

マイペース、これ大事。

最近は、祭礼の準備に時間を取られたせいで、ほとんどフィールドには出られなかった。そして、仲間のみんなも同様に、転職クエスト絡《がら》みで忙しそうだったりする。

久々に、ソロでフィールドに出てみるか。

そうそう忘れていた。儀式の間は、マスコットの表示をＯＦＦにしていたんだった。出してあげなきゃ。

《ピコン！》

「メレンゲ、やっと終わったよ。今日はもう何もしないでログアウトするつもりだけど、その前にお菓子食べる？」

メレンゲは、やっと出られて伸びをしていたと思ったら、お菓子の一言で眼《め》を輝かせた。

「そうか。マドレーヌとクレーム・ブリュレと、どっちがいい？　両方？　いいよ。今日は打ち上げ代わりに大盤振《おおばんぶ》る舞《ま》いだ。出しておくから、先に食べ始めていてもいいよ。俺はお茶を淹《い》れるお湯を貰《もら》ってくる」

俺も疲れたせいか、今日はなんだか甘いものが凄《すご》く食べたい気分だ。ＶＲだから、脳へのブドウ糖補給にはならないんだけどね。


はい、ログイン。

今日はソロでフィールドに出る予定で、行き先はもう決めてある。それは、南の山岳地帯で見つかった「常闇《とこやみ》ダンジョン」だ。名前から予想がつくと思うけど、魑魅魍魎《ちみもうりょう》が蔓延《はびこ》るアンデッドダンジョンらしい（つまり俺の得意分野だったりする）。

準備するものはあまりないけど、カンテラだけは買い直しておきたい。というのも、今持っているカンテラは、ゲーム初期に揃《そろ》えたもので光量があまり大きくない。常闇ダンジョンには、これからも何回か通う予定だから、この際新しく買い替えようと思う。

〈カランカラーン！〉

道具屋のドアを開けると、勢いよくドアベルが鳴った。

「いらっしゃいませ」

「すみません。カンテラを見せてほしいのですが」

お店の人に声をかけると、すぐに何点かの商品を並べてくれた。

「こちらになります」

「『常闇ダンジョン』へ行く場合は、どれがお勧《すす》めですか？」

「お一人ですか？」

「はい、一人で行くことが多いと思います」

「さすが大司教様ですね。先日の『華燭祭』は、本当に素晴らしかったです。すっごく感動しました。十数年ぶりに行われたので家族全員で参加しましたが、うちのお婆ちゃんなんか、神様を近くに感じるって、感激のあまり涙ぐんじゃって大変でした」

……あれに来ていたのか。しかも家族連れで。

「そうですか。喜んで頂けたなら幸いです」

「あっといけない。すみません、つい余計なお喋《しゃべ》りをしちゃいました。『常闇ダンジョン』なら、お勧めはこれになります。お値段は少しお高くなりますが、十分な光量を確保できると思います。光量調節機能も付いていますので、使い勝手が良いと評判です」

「では、これをお願いします」

「毎度ありがとうございました。またのご利用をお待ちしております」


最近確信するに至《いた》ったけど、ＮＰＣ相手には、どうもステータスを誤魔化《ごまか》せないみたいだ。どんな服装でいても、俺が大司教だって必ずバレてしまう。そっと振り返ると、店員さんがお店の前でまだ俺に向かってお辞儀《じぎ》をしていた。……早く立ち去らねば。

そして、その足でそのまま冒険者ギルドにやって来た。

タッチパネルを表示し、早速《さっそく》依頼をチェックする。道すがら達成できる討伐《とうばつ》依頼や採取依頼があるといいな。

おっ、あるある。

・［採取依頼］ブラックトータス　生息地：常闇ダンジョン周辺
報酬《ほうしゅう》：甲羅《こうら》（品質［標準］）ひとつにつき４００Ｇ（上限50）※品質［良］は一割増し、品質［劣］は一割減とする。
・［採取依頼］夜光花　自生地：常闇ダンジョン
報酬：一本（茎《くき》ごと採取すること。品質［標準］）につき２００Ｇ（上限１００）※品質［良］は一割増し、品質［劣］は一割減とする。

亀退治《たいじ》と花摘《はなつ》みね。丁度《ちょうど》いいな。ポチポチ、［受諾］と。

「あのぅ」

ん？

「あのぅ。すみませぇ～ん」

「えっ、俺？」

「そうですぅ。いま～お時間いいですかぁ～？」

うわっ。語尾伸びギャルじゃん！　超苦手タイプなんだけど。

「私たちぃ～、この街に来たばかりでぇ～まだよくわからなくって～」

お時間いいって言ってないよ、俺。

「まだ始めたばかりで～めっちゃ不安だしぃ～」

一方的に話すわけね、やっぱり。

「それでぇ、お兄さん優しそうだし〜一緒に冒険できたらいいかなぁ〜って」

いやいや、それ寄生《きせい》プレイっていうの。それに何で俺？　ここ、冒険者ギルドだよ？　パーティ募集なら、タッチパネルで簡単にできるのに。

「だから〜。私たちと一緒に……」

「ユキムラさん！　ちょっといいですか？　こちらにお願いします！」

「ごめんね。呼ばれているから、俺行くね」

「え〜っ！」

助かった。ギャルたちに背中を向け、ダッシュでギルドカウンターへ移動する。

「エルザさん、ご用件は何でしょうか？」

「ふふっ。ごめんなさいね、呼び寄せてしまって」

俺を呼んだのは、「秘書風眼鏡《めがね》」受付嬢のエルザさんだ。一見お堅い雰囲気の彼女が破顔《はがん》すると、その威力《いりょく》はかなり強力で（いわゆるギャップ萌《も》えというやつ）。うわっ。笑った顔も綺《き》麗《れい》だなぁ。これだけで眼福《がんぷく》ご褒美《ほうび》。もう、いくらでも呼んで下さい。

「いえ。正直助かりました。ちょっと困っていたので」

「本当に？　可愛《かわい》いじゃない、あの子たち」

「いや、一番苦手なタイプですよ、ああいうの。パーティに勧誘されても困るっていうか」

「あの子たち、さっきからずっとああなのよ。なぜかしら？　パーティ勧誘なら、システムを使ってくれたらいいのに」

「俺もそう思います。知らない人にいきなり誘われてもちょっと……」

「よかったわ。ユキムラさんの邪魔をしていなくて。それに、本当に用件もあるの」

「何でしょう？」

「ユキムラさん、さっき『常闇ダンジョン』の採取依頼を受けてくれたでしょ？　そのついでと言ってはなんだけど、採《と》ってきてほしいものがあるの」

「ついでにですか？」

「そう。具体的に言うと『星辰草《せいしんそう》』という植物なの。『夜光花』の群生地の中に、時々紛《まぎ》れていることがあるのよ。特徴は、このメモを見てくれる？　葉が星形をしていて、キラキラ光っているはずなの。見つけたらで構わないので、お願いできるかしら？　イレギュラーな依頼なので、カウンターで受けつけることになるけど」

「美人の頼みは断れないです（一度言ってみたかったこのセリフ）。見つけたらでいいなら、お引き受けします」

「ふふっ、お上手ね。でも嬉《うれ》しい。では、よろしくお願いします」

「はい、じゃあ早速行ってきます」

行きがけに、気持ちよくブラックトータスを狩りまくった俺は、早速購入したカンテラを装備して、「常闇ダンジョン」の洞窟《どうくつ》の中に入っていった。

うん、明るい。これなら大丈夫そうだ。せっかくだから、メレンゲにも出てきてもらおう。

……パタパタパタパタパタ嬉しそう。おやつ？　今はダメだ。後でね。

常闇ダンジョンは、既《すで》に最深部まで攻略が済んでいて、全二十一階層からなる地下ダンジョンであることがわかっている。そして、アンデッドを中心に、夜行性の動物型モンスターや、虫に似たモンスターが出ることが知られている。

・地下一―五階　スケルトン系「デュラハン」
・地下六―一〇階　ゴースト系「ワイト」
・地下一一―一五階　ファントム系「スペクター」
・地下一六―二〇階　グール系「ヴァンパイア」

五階毎《ごと》に、こういった「中ボス」が待ち構えていて、最深部である地下二十一階が、「ドラウグル」という「ダンジョンボス」がいる部屋になっている。

そして目的の「夜光花」の群生地は、地下十二階にある。地図も買ってあるし、目的地までどんどん進もう。

〈ドゴン！　ガラガラガシャン！　ボゴッ！　バキッ！〉

いったいなんの音かって？

スケルトンの胸部にある赤い球形の核を、棒でひと突きして壊す。すると、ガラガラと一気にスケルトンの背骨が崩《くず》れ落ちる。椎骨《ついこつ》のひとつひとつまで、見事にバラバラだ。

　でもまだ肩関節に繋《つな》がる上腕骨《じょうわんこつ》とか、股関節《こかんせつ》に繋がる大腿骨《だいたいこつ》なんかは動いていて、不気味に這《は》いずって近づいてこようとするから、そこを棒で打撃して破壊する。

　結構しぶとい。でも何体か続けて壊している内に、ようやくコツを掴《つか》めてきて、同じリズムで倒すことができるようになった。

〈ドゴン！　ガラガラガシャン！　ボゴッ！　バキッ！〉

　うん、順調だ。

　ソロだから、敵の数が多いときは無理をしない。【結界】「聖籠《せいろう》」で分断してから、各個撃破するようにしている。


　地下五階まで来た。

　ここの中ボスは、デュラハン。有名な首なし騎士のモンスターだ。まずあのでっかい黒馬を先にやっちゃうか。そう決めると、デュラハンの攻撃をかわしながら、馬の脚《あし》を積極的に狙《ねら》っていった。馬がでかい分、脚も立派《りっぱ》でとても太い。だから狙いやすいってわけ。

　何度目かの【浄化】「悪霊昇華」で、……おっしゃ！　まんまと転《こ》けた。

上手くスキルがかかり、ダメージを受けた馬がドウッ！　と地響きを立てて転倒する。思い切り派手《はで》に転けたところを、すかさず馬と主《あるじ》、二体まとめて拘束《こうそく》だ。

【結界】「聖籠」！

網目《あみめ》状の光の檻《おり》が二体を包み込み、どんどん小さく集束していって締め上げていく。よし、かかった！　もうこれで動けないだろう。成仏《じょうぶつ》しろよ！

【浄化】「悪霊昇華」！

拘束した状態で浄化をかけると、これがまた非常によく効く。二体はキラキラとしたエフェクトを残し、砂が崩れるように溶け、天に昇っていった。うん。ＧＰをちょっと使うだけの、簡単なお仕事です。

続いての地下六―十階は、もちろん何の問題もなく通過した。

【範囲浄化】【範囲浄化】【浄化】【浄化】【範囲浄化】【浄化】……こんな感じで楽勝。


さて、もう地下十一階だ。

どの階も手応《てごた》えはあまり変わらなかった。本当に俺と相性いいね、このダンジョン。

そして地下十二階。地図を見ながら、目的地である群生地に直行する。

……これが夜光花か。

ぼんやりと滲《にじ》んだ光が辺《あた》り一面に広がっていて、まるで光の絨毯《じゅうたん》のようだった。

光の色は、花一輪だけだと白く見える。でも、こういう風に集まった姿を眺《なが》めると、うっすらと緑色の燐光《りんこう》を纏《まと》っているのがよくわかる。その様子はとても幻想的で、ついぼんやりと眺《なが》めてしまうくらいに綺麗だった。

おっと、いけない。採取しなきゃ。

念のため、【結界】「拠点結界」を張っておく。俺以外に誰もいないから、この場所を囲っちゃってもいいよね。

〈プチプチプチプチ……プチプチプチプチ……〉

一本一本、丁寧《ていねい》に夜光花とその中に紛れている星辰草を摘《つ》んで行く。雑にやると品質が下がっちゃうから、扱いに気をつける必要がある。

〈パタパタパタ〉

〈プチプチプチプチ……プチプチプチプチ……〉

〈パタパタパタ〉

こらっ！　おやつを食べながら飛ぶんじゃない！　行儀が悪いぞ。

〈プチプチプチプチ……プチプチプチプチ……〉

〈プチプチプチプチ……プチプチプチプチ……〉

〈プチプチプチプチ……プチプチプチプチ……〉

よし！　「花摘み」終了。

「夜光花」１００本＋余分に20本で、合わせて１２０本。「星辰草」は、依頼表には20本ってあったけど、これも余分に＋５本で合計25本。

せっかくだから、地下十五階の中ボス、「スペクター」を倒してから帰るとしよう。

常闇ダンジョンからの帰り道、林の向こうからプレイヤーのものと思《おぼ》しき声が聞こえてきた。

「ねえ、もう帰ろうよ。無理だよ私たちじゃ」

「嫌よ！　せっかくここまで来たのに。がっぽり稼《かせ》いでレベルを上げて、装備も買うんだから」

「でも、誰もパーティを組んでくれないし、もう回復アイテムも残り少ないよ」

「ここで帰ったら大赤字でしょ。少なくとも、元は取らなきゃダメだよ」

「無理だよ。一旦《いったん》、『始まりの街』に戻ってやり直そうよ。ギルドの人も、その方がいいって言ってたよ」

「ＮＰＣの言うことなんて、聞く必要ないよ！」

……この声。

ギルドで話しかけてきた子だ。語尾を伸ばさなくても、ちゃんと喋れるんだね。やっぱりあれは演出だったか。

ギルドの人の言う通り、俺も戻った方がいいと思うよ。他のゲームはどうだか知らないけど、このISAOは、自分の力で努力した分、ちゃんと相応の見返りがくる仕様になっている。これまでやってきて、体感的にそう実感する。

だから、パワーレベリングはお勧めできないし、無理矢理どこかの段階をスキップしようとするのも、同じ理由でいただけない。それをやると、能力に穴ができてしまう。

まあゲームだから、自分の好きなようにプレイする分には構わないけどね。他のプレイヤーに迷惑をかけないことが前提だけど。

俺も俺のやりたいように、自由にやっているわけだし、ここではいろんな楽しみ方がある。

よし！　ギルドに戻ってエルザさんに報告だ。「星辰草」、喜んでくれるかな？　NPCなんて言うなよ。女性の素敵《すてき》な笑顔は、それだけでご褒美なんだから。

「ユキムラさん、お帰りなさい。依頼の報告ですか？」

「はい。お願いします」

やっぱり癒される。このこぼれるような笑顔がいいんだよね！

「冒険者カードをお預かりしますね。採取品はこちらへどうぞ」

はい、はいのハイっと。

「採取依頼三件。『ブラックトータスの甲羅』50個、品質は、全て標準。『夜光花』100本、品質は、標準80本に良20本。『星辰草』20本、品質は、標準16本・良4本でした。全て買い取りで宜《よろ》しいですか？」

「はい。買い取りでお願いします」

「では、『ブラックトータスの甲羅』は、一個400Gを50個で合わせて20000G。『夜光花』は、一本200Gが80本、220Gが20本で、合わせて20400G。『星辰草』は、一本500Gが16本、550Gが4本で、合わせて10200G。合計50600Gになります。報酬はギルドカードに振込《ふりこみ》になります。カード履歴《りれき》をご確認下さい」

「はい。確かに」

「ユキムラさん、今回は急な依頼を受けて下さって、ありがとうございました。また何かあったら、お願いしてもいいかしら？」

「もちろんです。こちらこそ、良い依頼を紹介して頂いて、ありがとうございました」

6　解放クエスト

《The indomitable spirit of adventure online（ISAO）のユーザーの皆様にお知らせします。
○月○日0時より6時まで、システムメンテナンスを行います。
メンテナンス終了後には、大型アップデートを行い、次の項目が実装されます。

・第三の街「トリム」解放クエスト
・各種生産レシピの追加
・NPCショップでの取り扱い品目の追加
・「始まりの街」西方のMAP「湾岸エリア」追加
さらに、第三の街を解放後は、砂浜・港の使用が可能になり、湾岸エリアに新たなモンスター・施設・食材・素材が実装されます。
※メンテナンス中は、ISAOにログインできません。ログイン中の方は、メンテナンス開始時に、強制ログアウトになりますのでご注意下さい》

海か。いいね。

食事も充実するし、何と言っても砂浜がある。砂浜と言えば、海水浴。海水浴と言えば……そう、「水着」だ。そう「水着」（大事なことだから二度言う）。

俺的には、ISAOはとてもよくできたゲームだと思っている。

だけど、ひとつだけ不満があった。それは、全体的に装備が冬仕立てなことだ。キョウカさんは裁縫師《さいほうし》だから、お洒落《しゃれ》なデザインのオリジナル装備を着ている。だけどそれは例外。

NPCショップの装備は、長袖《ながそで》・長ズボンがスタンダードで、地肌《じはだ》の露出《ろしゅつ》面積が総じて少なめ。18禁じゃないから、それも仕方がないことなんだけど、もうちょっとなんとかならないものかと思っていた。

でも、解放クエストか。いろんな意味で解放されそうだ。またレイドなのかな？　湾岸を舞台にしたレイド戦なら、「水耐性」や「水泳」、「水中呼吸」みたいなスキルが必要になるのかな？　支援職なら、「水中呼吸」まではいらない？

装備はどうなんだろう？　今までずぶ濡《ぬ》れになったことはないから、どうもその辺《あた》りがわからない。

……わからないなら、知っていそうな人に聞けばいいよね。

《ピコン！》
《キョウカさん、こんにちは。ユキムラです。お忙しいところ、すみません。
街解放クエストが実装されることになりましたが、水辺での戦闘にあたって、装備は従来のもので大丈夫でしょうか？　あと、取得した方がいいスキルについても、ご存知だったら教えて頂ければ嬉《うれ》しいです。お暇《ひま》な時でいいので、よろしくお願いします》
《ユキムラさん、こんにちは。
装備についてですが、水中戦をするとかでなければ、今の装備でも大丈夫です。アクセサリで補正すれば、支障なく闘えると思います。
そのアクセサリですが、現時点では水耐性上昇効果＋の「水精の護符《ごふ》」というのがお勧《すす》めです。でも、メンテナンス明けの追加レシピで、もっといいものが出てくるかもしれません。「水精の護符」は、先ほどトオルさんに聞いてみたら、材料には余裕があるそうです。希望すれば作ってくれるそうなので、今メールすれば、十分に間に合うと思います。

スキルについては、南東の湖にある「魚人の集落」で、【水泳】スキルを手に入れることができるそうです。私も、トオルさんから教えてもらったんですけどね。

そうそう。頼まれていた、神官服（平服の方）の強化版が仕上がりました。デザインは似たような感じですが、素材を一新したので、性能はもちろんですが、色合いや質感などの見た目も向上していると思います。後《のち》ほど神殿に届けておきますね。またのご注文を、お待ちしております。キョウカ》

《詳《くわ》しい情報をありがとうございました。トオルさんに早速《さっそく》メールしてみます。【水泳】は、時間的に行けそうなら、現地に取りに行こうと思います。新しい神官服を楽しみにしています。製作ありがとうございました》

あとはトオルさんにメールして……これでよしと。

早い！　もう返事が来た。製作ＯＫだって。よかった、じゃあ返信して……これで依頼は完了だ。

《魚人の集落》

はい、やって来たのは南東エリアの湖で、その名も「ウォータッド湖」。大神殿の名前と同じだね。いや、大神殿が、この湖と同じ名前なのかな？

なんかいいね、この辺りの景色。開放感がある。

かなり大きな湖で、湖面は静かに凪《な》いでいる。昼間の明るい陽射《ひざ》しを受けて、山の緑や青い空、そして真っ白な雲が、鏡のように湖に映り込み、目にも鮮やかだ。

「魚人の集落」なんていうから、住居が何棟か集まっただけの寒村っぽいイメージを抱いていたけど、来てみてびっくりだ。

こぢんまりとしていて小さめではあるけど、各所に色とりどりの花がふんだんに飾られた可愛《かわい》らしい家々。近づいてみると、そのサンドベージュ色の外壁には、大小様々な砂礫《されき》が埋め込まれていて、どこか温《ぬく》もりを与えてくれる。目の前には、そういった家々が整然と立ち並ぶ、美しい異国風の町並みが広がっていた。

それもそのはず。

この集落は、ＩＳＡＯ中に極《ご》少数しかいない、非・人族の種族の一つである「魚人族」の、ゲームスタート地点でもある。そのため、集落に隣接する湖には、「始まりの街」程ではないけれど、あまり強いモンスターはいないそうだ。

その珍《めずら》しい「魚人」になったプレイヤーは、第一陣ではなんと、たった一人しかいない。よほど変わったビルドなんだろう。でも、そのプレイヤーからの情報で、第二陣では十人以上の「魚人」プレイヤーが誕生していた。

この集落は、今やとても人気の観光スポットとなり、飲食店や休憩所《きゅうけい》なども大変な賑《にぎ》わいだ。

……そして、ここで一番人気なのが「水泳講習」になる。

【水泳】スキルを取るための講習は、湖で行われている。そしてこの湖には、「湖イルカ」の群れが住んでいる。彼らは気が向くと水泳講習中に現れ、プレイヤーと一緒に泳いでくれるそうだ。それが人気の理由。

解放クエストの影響で、俺と同様に【水泳】スキルの希望者が増えたが、講習はインスタンスエリアで行われるため、申し込めばすぐに受けつけてくれる。

でも、グループで来ている人が案外多いな。俺はボッチだけど。こういった、キャッキャウフフ系のクエストだと、ボッチはちょっとわびしいかも。

〈ツンツン！〉

なに？　ボッチじゃない、私も一緒に泳ぐって？　えっ！　泳げるの、妖精って？

……泳げませんでした。

もちろんメレンゲが。

俺は泳いだよ。というか、ガンガン泳がされた。その間、メレンゲは湖イルカに騎乗して遊んでいた。キャッキャしながらね。羨《うらや》ましくなんてないからな……嘘《うそ》です、とても裏山《うらやま》です。

まあ俺も、ちょっとはイルカと一緒に泳げたけどね。

講習の時は、ウェットスーツを貸出してくれる。だけど、販売もしているというので、何かの時のために一着購入しておいた。

通常タイプと魚人タイプがあり、どちらにしますか？　って聞かれたから、通常タイプを選んでいる（魚人タイプには水泳補正が少しつくが、魚っぽいデザインが気に入らなかったので、こちらにした）。


無事にスキルを取得したので、あとはNPCショップで買い物だ。ここには、他の街では売っていない水辺特有のアイテムが、複数取り扱われている。
・「源五郎丸《ゲンゴロウがん》」空気を体内に溜《た》めておける。水中に長く潜っても息が続く。
・「イルカ玉」水泳速度上昇（小）、水中で姿勢を保持できる。
・「水蜘蛛《みずぐも》の巻物」水面《みなも》に立てる。水上を滑走できる。
・「水中灯」水中でも火が消えないカンテラ。
とりあえずこんなものかな。カンテラ以外は消耗品《しょうもうひん》だから、いずれも余分に買っておいた。懐《ふところ》には余裕があるしね。次は食材店をチェックしようかな。

……あれ？

今通り過ぎた所、お店じゃないよね？　振り返って確認すると、看板《かんばん》も何も出ていない比較的大きな建物があった。

周りの商店より少し背が高い。特にこれという特徴はないが、なんとなく馴染《なじ》みがあるというか、惹《ひ》かれるものがある。

……ちょっと寄ってみるか。


扉をそっと押してみる。すると、内側に簡単に開いていった。

「ごめんください。どなたかいらっしゃいますか？」

ゆっくり扉を開けながら室内に向かって呼びかけた。

「旅のお方、よくぞ参られました」

すると、魚人族と思われる数人の爺《じい》様たちが現れた。なんか既視《きし》感あるぞ、ここ。

「ここは、もしかして聖堂ですか？」

そう思ったのは、部屋の一番奥に、祭壇のようなものが見えていたからだ。

「はい、そうですじゃ。旅のお方、あなた様がここに立ち寄られたのは、恐らく神のお引き合わせでしょう。我々の話を聞いてくださるじゃろうか？」

《ピコン！》

《転職クエスト「蜉蝣《かげろう》祭①」が始まります。よろしければ［確定］を押して下さい》

……マジか。いくらなんでも、このアナウンスは不意打ちだぞ。「六祭礼」は、全部「ジルトレ」の神殿でやるのかと思っていた。だからすっかり油断していたのに。

えーっと、どうする？

とりあえず「蜉蝣祭①」だよね。「華燭祭《かしょくさい》」と同じ段取りだとしたら、まだ連続クエストの導入部分で説明回のはず。よし。時間もあるし、いっておくか。［確定］ポチっと。

予想通り、「蜉蝣祭①」はサクっと終わった。

なんでも、魚人族の集落は今でこそ賑やかだが、数年前までは閑散《かんさん》としていて、人族との交流もほぼ途絶えていたそうだ。

ここ「宝湧《ほうゆう》聖堂」では、十数年前にジルトレから招いた大司教が執《と》り行ったのを最後に、「蜉蝣祭」は長らく行われていない（どこかで聞いたような話だね）。

最近、人族との交流が盛んになったことを契機に、「蜉蝣祭」を復活させたいと考えていたところ、ちょうど俺が現れた……というシナリオらしい。

うん。この待っていましたっていう流れ、いかにもゲームっぽい。

「一目拝見《はいけん》したときからわかり申した。あなた様は、さぞ格の高い神官様でいらっしゃるのでしょう。『蜉蝣祭』の開催を、お引き受け願えませんでしょうか」

《ピコン！》

《職業クエスト「蜉蝣祭②」が始まります。よろしければ［確定］を押して下さい》
やっぱり、これも流れ通りだ。それじゃあ……。

はい。日を改めまして、もう「蜉蝣祭」当日です。

あれから一連の連続クエストを順番に消化し、とうとう本番目前まできたわけだ。だから、今日はガッツリ「典礼服《てんれいふく》」に身を固め、出番を待って俺は待機中。

「大司教様、準備は全《すべ》て整いました。お越し頂いてもよろしいでしょうか？」

「はい。では、参りましょう」


「蜉蝣祭」の舞台は、夕暮れ時の湖畔《こはん》。

陽《ひ》は既《すで》に稜線《りょうせん》に隠れ始めている。辺りは残照を浴びて黄昏《たそがれ》に染まり、同じく黄金色に染まった仮設祭壇を前に、儀式は粛々《しゅくしゅく》と進んでいった。

祝福を授けた「仕掛け燈籠《どうろう》」に、魚人族の住民が、ひとつひとつ注意深く点灯しては、次々と湖に流して行く。燈籠は音もなく湖面を滑り、光の列を作りながら、緩《ゆる》やかな流れに沿って湖上に広がっていった。それにつれて、湖全体が薄ぼんやりと明るくなってくる。

そして……全ての燈籠を流しきり、湖面の大半が乳白色の灯《あかり》に染められたとき。

〈弾《はじ》けた！〉

湖上には、あたかも蜉蝣が一斉《いっせい》に羽化したかのような儚《はかな》い光が一面に煌《きら》めき、まさに幽玄《ゆうげん》の世界。星空とも違う瞬《また》きを映すその景色は、言葉に尽くせないほどの夢幻《むげん》の様相を呈《てい》していた。

……これは、ため息がでるほど綺麗《きれい》だな。

「大司教様、この度《たび》は誠にありがとうございました。おかげさまで、祭礼を滞《とどこお》りなく終えることができました。魚人族一同、感謝の言葉もございません」

「いえ、私は為《な》すべきことをしただけに過ぎません。先人の皆様、そしてここにいる全ての魚人族の皆様に、幸あらんことをお祈り申し上げます」

よし！　噛《か》まずにちゃんと言いきった（日頃の涙ぐましい練習の成果がここに）。

今回の「蜉蝣祭」も、前回同様にインスタンスエリアで行われた。少し異なるのは、クエスト成功のタイミングで、祭礼と同様のエフェクトが湖上に現れたそうで、集落内はその後しばらく、プレイヤーたちの興奮《こうふん》のざわめきで満ちていたとかいないとか。

［ユーザー名］ユキムラ［種族］人族［職業］正大司教（格★★）［レベル］71
［HP］430［MP］290［GP］1630（1540）
［STR］120【80】＝200［VIT］115【100】＝215

［ＩＮＴ］　１１５【30】＝１４５
［ＭＮＤ］　４９０【３２５】＝８１５（上質な神官服の場合は７７０）
［ＡＧＩ］　１００【１００】＝２００［ＤＥＸ］　１５０【０】＝１５０
［ＬＵＫ］　１３０【20】＝１５０　Ｂｏｎｕｓ　Ｐｏｉｎｔ　０
《職業固有スキル》
【戦闘支援】身体強化　精神強化　属性強化　状態異常耐性
【結界】結界　範囲結界　拠点結界　聖籠《せいろう》
【浄化】浄化　範囲浄化　聖属性付与《ふよ》　祝聖（生物に聖属性付与）
【状態異常治癒《ちゆ》】毒中和　麻痺《まひ》解除　衰弱《すいじゃく》解除　混乱解除・魅了解除
【回復】回復　範囲回復　持続回復　完全回復
《スキル》Ｓ／Ｊスキル空き枠《わく》２
【ＪＰ祈禱《きとう》Ⅵ】【ＪＳ疾病《しっぺい》治療Ｖ】【Ｊ教義理解Ｖ】【Ｊ聖典朗読Ｖ】【Ｊ説法Ⅲ】
【Ｊ聖典模写Ｖ】【Ｊ聖水作製Ｖ】【Ｊ儀式作法Ⅱ（聖職者）】【Ｊ礼節Ⅱ（聖職者）】
【Ｊ天与賜物《てんよしぶつ》Ⅱ（聖職者）】【Ｊ聖餐《せいさん》作製Ⅰ】ＮＥＷ！
【Ｐ頑健Ⅲ】
【Ｓ棒術Ｖ】突き　打撃　薙《な》ぎ　連撃　衝撃波
【Ｓ生体鑑定Ⅲ】【Ｓフィールド鑑定Ⅱ】【Ｓ解体Ⅳ】

【速読Ⅴ】【筋力増強Ⅲ】【調理Ⅵ】【気配察知《さっち》Ⅱ】【暗視Ⅱ】【清掃Ⅱ】【採取Ⅰ】ＮＥＷ！

【水泳Ⅰ】ＮＥＷ！

《加護》【井戸妖精の友愛】【聖神の加護Ⅵ】

《装備》《アクセサリ》（７＋２）／10
【大司教のローブ】ＮＥＷ！【上質な神官服】／【大司教の典礼服】ＮＥＷ！

【大司教の飾り帯（肩）】【大司教の飾り帯（腰）】

【金紅狼牙《きんこうろうが》】ＮＥＷ！【隼風《しゅんぷう》のブーツ】ＮＥＷ！

【聖紫銀《しぎん》の胸当て】ＮＥＷ！【聖紫銀のガントレット】ＮＥＷ！

【聖典★★★★】【慈愛《じあい》の指輪】【銀碧玉《ぎんへきぎょく》のロザリオ】ＮＥＷ！【星霜《せいそう》の護符】

【ルーンの指輪】【慧惺《けいせい》のロケット】【水精の護符】ＮＥＷ！

《色妖精（白）》名前［メレンゲ］レベル１［ＨＰ］５［ＭＰ］５
【妖精の服】ＮＥＷ！【渾天《こんてん》のドレス（翼）】ＮＥＷ！【妖精の接吻Ⅰ】ＮＥＷ！

§　§　§

季節は夏！（※注意！　ＩＳＡＯ内は、エリアごとに気候設定されています）

メンテナンスが明けて、予告されていた湾岸エリアへの道が開通した。トリム解放クエストも近い内に始まるはずだ。

それに合わせて、俺は思い切って装備を一新してみた。強化してもらったものもあれば、新しく作ってもらったものもある。一部のアクセサリを除いて、ほぼ丸っと入れ替えた。

……というのも、かなり貯《た》金が貯まっていたんです。

何しろ、ずっと神殿に住み込んでいるので、相変わらず衣食住はタダだ。それに、司教になって以降は、金額はあまり大きくはないけれど、給料も貰《もら》っている（大司教になってさらに増えた）。狩りにもわりとマメに行き、その際、消耗品はほぼ使わない（自分で治せるから）。

塵《ちり》も積もれば、結構な山になっていたというわけ。

そして、割安で作ってくれる生産者のフレがいる。もう依頼するしかないよね！　みんな腕が上がっていて、装備のレアリティも向上。凄《すご》くいいものを作ってくれて、感謝だ！

そして、解放クエストの概要がそろそろわかってきた。

「始まりの街」からほぼ真西に進むと、海岸線が見えてきて、第三の街トリムに行くことができるようになった。トリムはジルトレよりは規模が小さいが、活気のある賑やかな港町で、海水浴ができる砂浜もある（これ重要！）。

ところが最近は、一日に何回も大波が押し寄せてきたり、近海に大渦《おおうず》が発生して海が荒れたりして、漁に出られない日々が続いているそうだ。

波が静かなときを見計らって、危険を承知《しょうち》の上で漁に出ても、漁獲量がかなり減っている上に、不意の高波で難破する船が後を絶たなかった。

そんなシナリオのせいか、仲間とともに辿《たど》り着いたトリムの街は、街全体が意気消沈していて、どこか精彩《せいさい》に欠けていた。

「イベントとはいえ、せっかく来たのにこれじゃあな」

「海産物を食べられなくてがっかり。楽しみにしていたのに」

「とりあえず、冒険者ギルドだな。ギルドでイベント関連情報が出ていないかをチェックしたら、いつも通り一旦《いったん》解散しよう。各自、用事を済ませたり、街中《まちなか》で聞き取り調査をしたりして、その後、食事をしながら情報をまとめるってことでいいか?」

「了解です」

「承知した。じゃあ、また後で」

俺たちは、ギルドの資料室で、「海図鑑　素材編」と「海図鑑　魔物編」、更《さら》に街とその周辺のマップを閲覧《えつらん》した。

残念ながら、ギルドには目新しい情報は特になく、いつ、何をきっかけに解放クエストが始まるのか、まだそのタイミングの予測はついていない。まあ、海が荒れているっていうから、海の怪物とかが相手なのかな？

解散後は、ざっとNPCショップのチェックをして回った。でもどこも品薄状態で、これといったものは見つからない。どうもこの街は、解放クエストが終了しないと流通がダメっぽい。

それから俺は、いつものように街の神殿を探して訪れた。


「ようこそおいでくださいました。大司教様にお会いできて誠に光栄です。私は、ここ『碧耀《へきよう》神殿』の神殿長を務《つと》めるマーロウと申します」

「こちらこそ、お会いできて嬉しいです。しばらくの間、お世話になります。よろしくお願いします」

これで今夜の宿は確保した。マーロウさんは、朗《ほが》らかでフレンドリーなキャラで話しやすい。ここも、居心地が良さそうでよかった。居候《いそうろう》としてはこれ大事！

「ところで、風の便りに聞いたのですが、大司教様は大変素晴らしい料理の腕をお持ちだそうで。ご迷惑でなければ、是非《ぜひ》一度、我々もご相伴《しょうばん》にあずかりたいのですが」

「それほどまでに仰《おっしゃ》るなら、喜んで腕を振るいますよ。でも、今夜は外で食事する予定なので、明日以降、機会があれば厨房《ちゅうぼう》に入れると思います」

「それはそれは楽しみです。通常であれば、当神殿でも盛大に歓待の宴《うたげ》を饗《きょう》したいところなのですが、街中があのような様子ですので、そういった催《もよお》しは慎《つつし》んでおりまして。大変申し訳ありません」

「いえ、お気遣《きづか》いなく。ここに来るまでに街の状況は見てきました。私は、泊めて頂けるだけで十分ありがたいと感謝しております。早く、事態が好転するといいですね」

「ええ。何が原因でこうなったのか、わかると良いのですが」


夕食時、他のみんなが泊まっている宿の食堂に集まった。

「よう、何かわかったか？」

「ダメね。特にこれといった話は聞けなかったわ」

「同じく」

「この様子じゃ、みんな同じようだな」

食事をしながらの情報交換。既に攻略組が乗り込んだ後だし、やはりＮＰＣから得られる情報は、既に耳にしていた以上にはなかったみたいだ。

「依頼品を渡す約束があったから、攻略組に会って直接進捗《しんちょく》具合を聞いてみた。そしたら、トリムの街中じゃあ何の情報も上がってこないから、試しに大渦の偵察《ていさつ》に行くって言ってたぜ」

「それって、沖合《おきあい》まで行くってこと？　そこまでの移動手段はどうするのかしら？」

「テイムした海鳥を使って、まず上空から大渦周辺の様子を観察するそうだ。波の具合が良さそうなら、湾岸から潜って接近できないかを試す。その間に、別の班が船を調達できないか聞いて回るって」

「調達って、船を丸ごと雇《やと》うのか？」

「残念なことに、それはできない仕様《しよう》になっているらしい。ＮＰＣの船主をあたったけど、全員に断られたそうだ」

「厳しいな。じゃあ、買うなり造《つく》るなりして船を入手して、それを自分たちで動かすしかないってことか？」

「ところが、それにも問題があるそうだ。船を動かすには、【操船】スキルを持ってないとダメらしい。だから、どうにかしてスキルを取得するか、スキル持ちのＮＰＣ船員を雇うかなんだが、それがまだ見つかっていない」

なんだかいろいろ大変そうだな。

「つまり手詰まりか。打開策はあるって？」

「今は、どこかにそれ関連の小クエストが転がっていないか、周辺エリアを含めて人海戦術を展開中だそうだ」

「ふーん。なんだか今回はじれったいな」

「話が進まないのは、解放クエスト開始に必要なフラグを、どこかで回収し損《そこ》ねているとかじゃないのか？」

「それも見込んでの人海戦術らしいぞ。何かわかったら、俺たちにも声をかけてくれるそうだから、今は期待して待っているしかないってことになりそう」

「そうだな。俺たち後方支援組は、この状況では動きようがない。朗報《ろうほう》を待つことにするか」

「しばらく待ちなわけね。今回は早く来過ぎたのかもしれないな」

そうして俺たちは、「トリム」の街でしばらく待機することになった。

《冒険者ギルド会議室》

「さて、早速本題に入りたいと思う。各クランの皆さんには、調査に快くご協力頂き大変感謝する。まずは、その集めた情報を情報担当者から報告してもらおう。始めてくれ」

「ではまず、こちらのマップをご覧《らん》下さい」

正面のスクリーンに、周辺の広域地図が映し出された。

「赤いマーカーが街や集落、黄色が既に開通済みの街道を示しています。遠征調査の結果、ここ『トリム』の街から、海岸沿いにしばらく南下したところに、『ハイナル』という村を見つけました。……ここです。そして、この村で情報収集を行ったところ、イベントの手がかりと思われる話を聞くことができました」

「やっと手がかりを拾えたか。手間がかかり過ぎだぜ」

「もう一度、こちらのマップをご覧下さい。村からさらに南西方向に進んだところに、『ジーク岬』と呼ばれる切り立った岩壁があります。……この、海に向かって尖《とが》っている場所ですね。そして、その岩壁から見下ろした海底には、数十年前から凶悪な怪物が棲《す》みついている。そう、村人たちは口を揃《そろ》えて言っていました」

「海底の怪物ね。やっぱりそうきたか」

「その怪物のせいで、『ジーク岬』と、その対岸の『トリキエ岬』の間の『シーナ海峡』には、日に何度も大渦が発生し、船舶の航行を妨げていたそうです。ところがここ最近は、渦潮《うずしお》の発生がすっかり鳴りをひそめ、波が穏《おだ》やかな日々が続いていて、村人たちも不思議がっていました。以上が、『ハイナル』で得られた情報です」

「続いて斥候《せっこう》班から報告を頼む」

「では、斥候班から。上空から海の様子を確認しました。渦潮の発生場所は、『トリム』のやや北西、この辺りの岩壁沖に集中しています。渦潮の直径は、おおよそ五〇メートルから八〇メートル。間違いなく巨渦といっていいでしょう。発生頻度《ひんど》は、日に三回から五回。発生時刻は固定してはいないようでした」

「巨渦の上空は気流が荒く、真上からの観察は断念しましたが、ギリギリまで寄せて観察したところ、かなり海底深くから渦が生じているようでした。海中からの接近も試《こころ》みましたが、巨渦付近の海中は大荒れで、残念ながら渦発生の原因は確認できずに終わっています。以上です」

「次は、船舶調査班」

「はい。では、船舶調査班から報告致します」

「つまり、【操船】スキルは、本来なら小型船ならば比較的簡単に取得できるはずなのに、肝《かん》心《じん》の船がどこにも見当たらないということか」

「造船所は閉鎖《へいさ》中。係留している船の持ち主には連絡がつかないか、やっと連絡がついても断られる。船倉庫には近寄れない。ずっとそんな状況だ」

船舶関係については、既にいろいろな試みがなされていたが、全てお手上げの状態だった。

「徹底しているな。少しは船関連のクエストが引っかかってもいいと思うのに」

「怪物の正体についての手がかりも少な過ぎる。一体どこにフラグが隠されているんだか」

「海の怪物っていうと、メジャーどころは『クラーケン』『リヴァイアサン』『アスピロゲドン』あたりか。でも、ここの運営のことだから、ちょっと捻《ひね》ってきそうだよな」

「それって、蛸《たこ》に、鰐《わに》？　魚？　いや、亀だっけ？　それ以外っていうと、鯨《くじら》の怪物とか？」

「ペルセウスにメドゥーサの首を見せられて、石にされた奴《やつ》が鯨じゃなかったか？」

「それは『ケートス』だな。可能性はあるかもしれない」

「候補があり過ぎて絞《しぼ》れないか。それでその『ハイナル』村には、その言い伝え以外に、何か手がかりになりそうなものはないのか？」

「ないですね。可能性としては、今回、村へ行った調査メンバーの中に、フラグ回収の対象者がいなかった。つまり、調査メンバーに入っていない生産職や支援職、あるいは芸能職でしか起こらないフラグが用意されているというケースです」

「ふむ。検討の余地はあるな。どこも行き詰まっている。少しでも可能性があるなら、試してみるとするか」

「知り合いの生産職パーティが『トリム』まで来ているから、声をかけてみるよ」

「知り合いって、誰だ？」

「細工職人のトオルとその仲間。パーティを組んで来ている。パーティメンバーには、他に皮《ひ》革《かく》職人、裁縫《さいほう》師《し》、薬師《くすし》、鍛冶《かじ》師《し》、そして『神殿の人』がいる」

「一気に揃うな。そうすると、あと足りないのは料理人、木工師、吟遊《ぎんゆう》詩人、踊り子、楽師《がくし》……そんなものか？」

「木工師は、造船クエストを探している連中の中にいたはずだ。料理人は当てがある」

「俺にも心当たりがある。新しい街だってことで、『営業』できないか様子を見に来ている『劇団』に、踊り子や楽師がいる。吟遊詩人のフレも呼べると思う」

「よし、では『第二次ハイナル調査隊』に向けてメンバーを募《つの》ろう。今挙がった職業のプレイヤーたちへの声かけと、同伴する戦闘職メンバーの招集だな」

「斥候班も引き続き調査を続けてくれ。なにか新しい事項が判明したら、随時《ずいじ》報告をよろしく」

……というわけで、今俺たち調査隊は、トリムの南方にある村『ハイナル』に来ている。

「いいか、みんな。まずは村の住人からの聞き取り調査に回ってもらう。先ほど決めた通り、二班に分かれてだ。それぞれに情報員が一名つく。前回の調査と比較して内容に変化が生じたら、その部分を必ず記録すること。もし新しいクエストが発生したら、すぐにメールで作戦班まで連絡するように」


「どうだ？」

「前回に比べて、『ジーク岬』の話題に触れるNPCが増えていますね。なかでも、『昔は怪物を鎮《しず》めるために生贄《いけにえ》を捧《ささ》げていた』とか、『風に乗って女性の歌声が聞こえてくる』といった発言は、前回にはなかったものです」

「つまり、『ジーク岬』へ行けってことだな。では、全員戻ってきたら出発するとしよう」

聞き取り調査の結果、次の目的地は「ジーク岬」になった。この一連の流れは、まるで古典的なＲＰＧ《ロールプレイングゲーム》みたいだ。攻略組はこういうのに手慣れているみたいだけど、いつもこんな感じなのかな？　せっかくここまで来たんだし、いい手がかりが見つかるといいけど。

《ジーク岬》
晴れ渡る青空の下《もと》、目の前にはどう表現したらいいのか、何とも迫力のある絶景があった。

壮観というか奇観《きかん》というか。

海岸線には黒ずんだ六角柱状の巨岩が立ち並び、高く切り立った垂直の壁を築いている。延々《えんえん》と連なるその断崖絶壁《だんがいぜっぺき》には、白い波頭《はとう》をまとった荒波が、打ち寄せては弾け、打ち寄せては弾けて激しい波飛沫《なみしぶき》を生み、荒々しい景色を作り出していた。

……圧倒される。

生き物としてヤバいみたいな。大自然を前に、ちっぽけな自分を自覚するっていうの？　畏《い》怖《ふ》を感じるっていうのは、こういうのを言うんだろうな。

遠景には、うっすらと対岸が見えている。あれが「トリキエ岬」なのだろう。

そして、この目の前の海が「シーナ海峡」か。少し前まで、ここに大渦が発生していたという設定らしい。こんなところに大渦があったら、そりゃ確かに船は通れないだろうな。船で渡ればすぐに対岸に着きそうな距離なのに。

波により侵食され、入り江状に切り込んでいる崖上《がけうえ》に、思い切って這《は》いつくばるように身を伏せた。そして、恐る恐る真下を覗《のぞ》き込んでみる。

ビョウビョウと強い風が吹き荒れているから、結構怖い。

リアルじゃこんなことはとてもできない。でもこういうのを、一度やってみたかったんだ。

そういうのってない？

ん？　この下になにかある？

俺の視界の隅《すみ》に、周囲の景色とは明らかに異なる異物が映った。自然のものじゃない。どう見ても、人の手が加わったような形。

あれは、……もしかして祭壇じゃないか？


「確かに祭壇のような形ですね。前回の調査では、目視できなかったものです。しかし、どうやってあそこまで行くのか」

「直接ここから降りるのは厳しいな。風が強過ぎる。あそこまで通じる道が新たにできていないか、みんなで手分けして周辺を探そう」

そして辺りに散って、それぞれが探すことしばらく。

「あったぞ！」

生い茂る灌木《かんぼく》の林の中から声が聞こえた。

あの木、なんだろう？　丸い黄緑色の実が、所々に生《な》っている（後で教えてもらったけど、無花果《いちじく》だった）。

林の中を進むと、早くも人が集まっていて、彼らの足元に下へ降りる階段が見えた。階段の幅は狭く、大人二人が並んでは通れなさそうだ。

斥候班の人たちが先に降りて行き、大丈夫そうだということで、俺たちも順番に続いた。下へ降り切ると、そこはやや広い空間になっていて、意外に明るい。どこからか陽が差し込んでいるのかもしれない。

「なにこれ？　牛？　こっちは羊かしら？」

壁画だ。周囲の壁一面に、海の大渦や人間たち、それに動物たち、そして……怪物と思われる異形《いぎょう》のものの絵が描かれていた。

「大渦を起こす怪物に、生贄を貢《みつ》いでいる絵か。村人の言葉通りだな」

「後でこの絵は調べるとして、とりあえず先へ進もう。どうやらあの出口が、先ほど見えた祭壇らしきもの——いや、この絵を見れば、もう祭壇で間違いない。それがある場所へ通じているようだ」

壁に空《あ》いた穴から伸びる通路を進むと、そこは海に面していた。波の打ち寄せる岩礁《がんしょう》の上に、先ほど崖上から見下ろしたあの祭壇が設置されている。このくらい近くで見ると、その表面はかなりボロボロで、既に風化が始まっているようだった。

「祭壇の表面に文字が彫《ほ》られています。読めそうなところを拾って読み上げますね。

『……私に語って下さい……数々の苦難を
私に語って…………………もの末路を
海を父とし大地を母とする…………

その貪欲《どんよく》な魂《たましい》は……を知らない

……怒りの雷《いかずち》が……を襲《おそ》い…………

魔の淵《ふち》に沈められし………果ては……

海を呑《の》み込み……なお飽くことを知らず』

このくらいですね。あとは削《けず》れていてわからない」

「これは、まるで詩みたいですね。ちょうど吟遊詩人さんがいるし、歌ってもらったら何か起きるかも？」

「やりますよ。欠けている部分は、Ｊスキルの【即興】で補えると思います」

「何か起きるか、あるいは何も起きないかもしれないが、やってみて損《そん》はない。みんなもそれでいいか？　では、ミンストレルさん、お願いします」


ミンストレルさんが、耳に馴染む柔らかな歌声で、誘《いざな》うように歌い始める。

しばらくその歌に聞き惚《ほ》れていると、どこから聴こえてくるのか、細く高い女性の歌声が流れてきて、ミンストレルさんの歌に重なった。

反響を伴《ともな》う優美な多重唱が織り成され、辺りに響き渡る。

そして、そのまま歌唱が続けられると、岩礁の狭間《はざま》から、人ならぬ女性たちが続々と姿を現し始めた。美しく長い蒼髪《そうはつ》。髪に飾られた真珠《しんじゅ》が淡い光を放ち、その下半身には紺青《こんじょう》の鱗《うろこ》が煌めいている。

人魚？

……いや、【生体鑑定】によると、「セイレーン」のようだ。

ただ残念なことに、そう非常に残念なことには、上半身は肝心なところが髪の毛に隠れてしまっていて全く見えない（そうだ。18禁じゃなかったんだ、このゲームは）。

それでも動画保存ものだけどな、この光景は。

吟遊詩人の歌に合わせて、水も滴《したた》る半裸《はんら》の美女軍団が登場だなんて、まるで映画のワンシーンみたいででき過ぎている。

歌が終わると、美女軍団の中央にいるリーダーと思われるセイレーンが話しかけてきた。

「遠くより訪れし者どもよ。かの者は既にここにはいない。立ち去るがよい」

それに対応するのは、黒曜団《こくようだん》のレオンさんだ。

「かの者とは誰を指す？」

「それは無論、哀《あわ》れな女神の成れの果て。大渦の化身《けしん》、『カリュブディス』に他ならぬ」

「では、その『カリュブディス』は一体どこへ行ったんだ？」

「知らぬ。いずこかへ消えた。ここはもはや我々の領域。直《ただ》ちに立ち去れ」

「わかった。君たちと争うつもりは全くない。しかし、ひとつだけ教えてくれないだろうか？

『カリュブディス』に近づくには、どうしたらいい？」

「よかろう。かの者は大食ゆえ、たらふく食って腹を満たせば、しばらくは寝に入るだろう」

「ありがとう。我々は引き上げるとする。君たちの美しい歌声の披露《ひろう》に感謝する」

……ちょっと気障《きざ》な感じもするけど、レオンさんが言うと何故《なぜ》かカッコいい。

大人の男っていうか、ちょいワイルドだけど紳士っていうか。さすがは最前線攻略クラン「黒曜団」のクランマスターって感じだ。俺も、もっと歳《とし》を取ったら、こんな風に……いや、無理だな。きっと恥《は》ずかしくて、こういう言い回しはできないままに違いない。

前室の壁画の記録を手早く済ませた俺たちは、セイレーンたちとの約束通り、ジーク岬を速《すみ》やかに引き上げた。

撤収時には丁度《ちょうど》日が暮れて、蜜柑《みかん》色に染まりながら、対岸の稜線に沈む夕陽を見ることができた。その明かりに照《て》り映えて、海が眩《まぶ》しいくらいにキラキラと金色に光っている。

「ずっと眺《なが》めていたいような景色だけど、そうもいかないのが残念ね」

「また来ればいいさ。これからだって、何度でも、いくらでも見ることができるんだから」

7　牛狩り

ジーク岬から引き上げてトリムへ戻ると、攻略班や劇団の面々とはそこで一旦《いったん》お別れだ。

今日は金曜日で夜更《よふ》かしOKってことで、その後、みんなと食事に行った。俺はまだ酒は飲めないけど、他のメンバーは成人しているから酒場へ直行だ。

「ハイナル遠征お疲れ様。乾杯《かんぱい》！」

「お疲れ様。でも進展があってよかったな。どこでフラグを踏めたのかは、結局よくわからなかったが。やっぱり吟遊《ぎんゆう》詩人かね？」

「吟遊詩人が一役買っているのは確実ね。でも、きっとそれだけじゃあないんでしょうね」

そう思うのは、参加プレイヤーの職種が唯一《ゆいいつ》の解放キーだとするなら、解放クエストの進展があまりにも遅すぎるからだ。キーとして、複数の条件を揃《そろ》える必要があるのでは？　と、このところ言われ始めていた。

「おそらくまた今回もレイドだろうから、トリムに集まったプレイヤー数なんかも関係しているのかもな」

「プレイヤー数といえば、見た感じ、ここには第二陣はあまり来ていないですよね？」

「そりゃあ来ねえわ。仕切り直しで初回撃破報酬《ほうしゅう》が手に入るようになったんだ。第二陣の連中は今頃、ダンジョン攻略に夢中だろうさ」

なんの話をしているかというと、第二陣のプレイヤーを対象に、ダンジョンボスやエリアボスの討伐《とうばつ》回数がリセットされた。つまり彼らにとって、今は早い者勝ちで初回撃破報酬が手に入る稼《かせ》ぎ時というわけだ。そりゃあ、そっちの方が断然モチベが上がるし、第一陣が中心となって攻略を進めているレイドなんて後回しになるよ。

「確かに。レイドに参加するよりも、各ダンジョンを巡《めぐ》った方がレベルも上がるし、実入りもいいって考える連中は多いかもね」

「今はとにかく第一陣に追いつきたいでしょうから、余計にそうなるわよね。レイドだと、主導権はまだ第一陣が持つでしょうし、それを面白《おもしろ》くないって思う人もいるでしょう」

「ってことは、今回のレイドは、前回とあまりメンバーが変わらないってことになるか」

「牛狩りメンバーを見た限りでは、そうなりそうだな」

「牛狩りか。例の怪物の腹を満たすには、一体何匹狩ればいいのかね」

「そこは検証班が考えてくれるさ。俺たちはまあ、いい感じに楽しもうや」

「そうだな。俺たちは気楽に牛さんのお相手だ」

「話は変わるけどさ。来週の週末、仕事で上京するんだよ。夜は空《あ》いているから、どっかで飲まないか？」

「リアルの話？」

「そう、リアルのお話。ＩＳＡＯだと、酒を飲んでもログアウトしたらお終《しま》いだからな。このメンバーで飲み会したいって、前から思ってたしさ」

「俺はいいぜ。特に予定は入っていないし」

「俺も参加で」

「たぶん大丈夫かな？　確認してから、また返事するよ」

「私も大丈夫だと思うわ。ユキムラさんは？」

「えっと……」

リアルで飲み会とか、ヤバくないか？　アバターと全然違うことがバレちゃうじゃん。

俺以外は、全員ベータテストからの仲だから、既《すで》にオフ会で会ったことがあるらしい。ベータの時は、もっとメンバーが多くて、大きめの生産クランを作っていたと聞いている。キョウカさん以外の女性も数名いた（その中にはジンさんの奥さんもいる）らしいけど、正式配信では大多数が戦闘組にチェンジしてしまったそうだ。

……みんな、俺ほどアバターを弄《いじ》っていないんだろうな。どう思われるか、それが不安。

「ユキムラ、未成年に無理に飲ませるなんてことはしないからさ、お前も来いよ。変な奴《やつ》はいないことは俺が保証するぜ」

「そうそう。もし別人のようなユキムラ君が現れても、俺たちは、必ず温かい眼差《まなざ》しで迎えると約束する」

ドキッ。

「おっ、なんだそういうことか。そっちの心配ね。大丈夫、大丈夫。もしユキムラ君が、ユキムラさんであったとしても、俺たちは全く気にしない。むしろ喜ぶ」

「いや俺、男ですから」

そうだ。ちゃんと付いている。

「そうか、男か……それは残念だ。じゃあ、その男を見せてみろ」

それは恥《は》ずかしいから嫌だ。

「ユキムラさん、本当に迷惑なら断っていいのよ。それでこれまでと関係が変わるとか、そんなの今更《いまさら》ないから」

「そうだぞ。よく考えるんだ。この優しいキョウカお姉様とも会えるんだぞ」

キョウカさん。それもリアルのキョウカさんか。それは……会ってみたいかも。いや、是非《ぜひ》お会いしたいです！

だって気になる。やはり同じように大きいのだろうか？　どうしてもそこが気になってしまう。俺も健全な男子なわけで。

えっ？　なにが気になるのかって？　その、あの、それはあれだよ。女性の持ち合わせる、素敵《すてき》なラインというか、魅力的な身体的特徴のひとつ……ええい！　回りくどいのは止《や》めだ！　ぶっちゃけ乳だ！　それも巨乳！　目を奪うような凄《すご》い巨乳なんだ（大事なことだから繰り返し言った）！

だって、本当に大きい。

「みなさんがよければ、俺も参加させて下さい」

おう、言っちゃった。やはり、巨乳の魔力には勝てない。生命の神秘の前に、非力な俺。

「そうか、青年。楽しみにしているぞ。連絡先は、後で交換な」

「ユキムラさん、本当によかったの？　無理してない？」

「はい。大丈夫です」

大丈夫……ただ、本能というか、巨乳に負けただけだ。俺にもこんな衝動があったなんて、新たな自己発見かもしれない。

「そう。それならよかった。私もユキムラさんに会ってみたかったから。楽しみだわ、オフ会」

「俺も、凄く楽しみです」

ホントに楽しみにシテマス。


はい。ただいま乳狩り……じゃなくて牛狩りの真っ最中です。

牛狩りといえば、「ジルトレ」の東の高原で盛んにやったけど、今回はここ、「ハイナル」の南の草原に来ている。

以前狩った「黒魔牛」に比べると、この草原にいる「黒炎魔牛」はひと回り体が大きい。そして、頭の両側から生《は》える立派《りっぱ》な角《つの》は、興奮《こうふん》すると火炎を纏《まと》う。これは狩り甲斐《がい》があるね。

「ジン、キョウカ、そっちへ行くぞ！」

「おう！」「任せて！」

〈ドス！〉キョウカさんの槍《やり》の一撃がヒットする。

〈ザシュ！〉それに続いて、ジンさんが剣を振り下ろし、追撃《ついげき》が上手《うま》く決まった。

みんなベータテストから一緒なわけだから、この辺《あた》りの連携《れんけい》には無駄がない。

「よっしゃ！　急所に入った！　仕留《しと》めたぞ！」

「順調、順調、その調子。じゃあ、次に行くぞ！」

魔術を使うアークと弓を操《あやつ》るトオルさんが追い立て役、防御の固いガイさんと身軽な俺が牽《けん》制《せい》役で、ジンさんとキョウカさんが仕留め役。

これが一番嵌《はま》っている気がする。もちろん、いろいろなスキルを育成する必要があるから、役割は時々交代しているけどね。


そうやって、十数匹ほど狩った頃、牛たちの様子が急におかしくなった。

「おい、奴ら一斉《いっせい》にこっちへ突っ込んで来るぞ。やばくないか？」

「確かに変だな。左右に分かれて牛の進路を開けよう。ここは一旦、回避だ」

牛の進行方向の両脇《わき》に急いで退避する。するとすぐに、牛の群れが俺たちのすぐ側《そば》を勢いよく駆け抜けた。激しい蹄《ひづめ》の音と共に土埃《つちぼこり》が舞い上がり、地面がグラグラと不安定に揺れる。

大地と大気からくる凄い圧力。それが、視覚・聴覚・触覚などあらゆる五感《ごかん》を刺激し、ひしひしと身体《からだ》に迫ってくる。

　そこで、突然のアナウンスが来た。

《ポーン！》

《エリアボス、「雷光魔牛アステリオス」が出現しました。発見者は、チーム「クリエイト」の六名。なお、この戦闘は複数パーティが参加可能です。参加依頼及び許可については、発見者にその権限があります》

　牛の群れが通り過ぎた後に、牛頭人身、身長三メートル超の見上げるような巨漢の怪物が現れて、いきなり腕を振り上げた。

「【結界】防御壁！」

〈ガゴッ！〉反射的に張った結界に、魔牛の振り下ろした巨斧《きょふ》が激突する。

「ユキムラ下がれ！　俺が攻撃を受ける！」

「お願いします」

　俺と入れ替わりに、ガイアスさんが大盾《おおだて》を構えながら前に出た。

「【敵視】タウント！」

　挑発系のスキルの使用により、魔牛の視線がガイアスさんに移り、再び巨斧を振りかぶった。

「雷光ってことは、麻痺《まひ》の状態異常を使ってくる可能性がある。ユキムラは、後ろに下がって後衛《こうえい》でフォローをよろしく」

「了解です」

「戦闘組にメールを送ったわ。近くにいると思うから、しばらく凌《しの》げば応援が来るはずよ」

「気が利《き》くな！　よし、行くぜ！」

俺はまず全員に、「身体強化」と「状態異常耐性」をかけた。それでも麻痺にかかった時は「麻痺解除」をかけ、状況に応じて「結界」を張ったり、「回復」を行ったりして支援を続けた。

「かった、硬《かた》すぎるだろ、これ！」

雷光魔牛は、その体の大きさに比例して膂力《りょりょく》に優《まさ》り、防御力も非常に高かった。つまりカチカチだ。生産職ばかりの俺たちでは、なかなかＨＰを削《けず》れなくて苦戦していると、待ち望んでいた声が聞こえてきた。

「待たせた。許可をよろしく」

「おう！　許可出したぜ。麻痺を使ってくる以外は、物理特化だ。攻防共にパワータイプ。こちらこそ、よろしくな。ちゃっちゃと倒しちゃってくれ」

「あの、皆さんに『状態異常耐性』をかけてもいいですか？」

「是非よろしく頼む。おいみんな！　神官さんにスキルをかけてもらえ！」

「完全耐性ではないので、麻痺することもあります。気をつけて下さい」

「了解した。ありがとう」

黒曜団《こくようだん》が参加すると、戦況は一転して攻勢になった。

「やっぱり戦闘職は強いな。あんな固いのに、みるみるＨＰが削れていく」

「うん。一気に暇《ひま》になった……わけでもないか。いやらしく黒炎魔牛が湧《わ》いてきやがったよ」

「アステなんとかはあっちに任せて、俺たちはこっちを狩ろう。悪いがユキムラは、両方の支援をよろしく」

そうして、しばらくは順調に進んでいた。だけど、敵のＨＰがバーの四分の一を下回ると、雷光魔牛は頭の左右の大角から、強い雷撃《らいげき》を放ってくるようになった。

「うひょーっ、強烈。神官さん、回復頼むわ」

「はい、【完全回復】【麻痺解除】！」

「サンキュー」

それでも、戦闘職……それも最前線攻略組は伊達《だて》じゃない。間もなく残りのＨＰも削りきって、エリアボス「雷光魔牛アステリオス」は、無事に討伐された。

「お疲れ様でした。ご協力ありがとうございました」

「こちらこそ、呼んでくれてありがとう。牛狩りに作業感が出てきたところだったから、エリアボス討伐はいい気分転換になったよ」

「いやあ、助かりました。俺たちだけじゃ無理だったから」

「お互いにＷＩＮ《ウィン》－ＷＩＮ《ウィン》だな」

「そういうことで」

「じゃあまた、なんかあったら気軽に呼んでくれ」

　戦闘組と分かれ、その後もしばらく牛狩りを続けた俺たちは、日没近くになってようやく帰路についた。

「何度見ても綺麗《きれい》な景色ね」

「ＶＲの醍醐味《だいごみ》ですね。リアルじゃ旅行なんて、なかなか行けないから、こういったのも楽しみのひとつかな」

「今日は、結構頑張った。黒炎魔牛の素材が手に入らないのが残念だが」

「牛は丸ごと怪物行きだもんな。でも、エリアボスの初回討伐報酬が、各人に召喚《しょうかん》券として来たのはラッキーだった。揉《も》めなくて済む」

　討伐報酬は召喚チケットで次の通りだった。
・雷光魔牛　素材召喚券（３）
・雷光魔牛　武器／防具／アクセサリ　ランダム召喚券（１）
「そうだな。もう引いたか？　俺は、左大角・皮・骨、『雷光魔牛のヴァンブレイス《籠手》』だった」

「引いたぞ。素材は肉・骨・肝《きも》だ。もうひとつの方は、『雷光魔牛のグリーブ《脛当て》』だ」

「肉・骨・蹄、『雷光魔牛の巨斧』だね」

「右大角・皮・肉、『雷光魔牛のブレストプレート《胸当て》』よ」

「皮・肉・蹄、『雷光魔牛のタセット《草摺》』だ」

みんな違うのか。見事にバラバラだ。俺が引いたのは首飾りだったし。

「皮・骨・魔石、『雷光魔牛の首飾り』です」

「随分《ずいぶん》と綺麗にバラけたな。仕様《しよう》か？　ま、いいや。皮を回してくれ、皮を」

「ガイさん、斧《おの》いる？　肝と交換しない？」

「おう、好きなもんを持っていけ」

「角希望。骨も一部」

各自交渉《こうしょう》して、欲しいものと交換したり、売り買いし合った。戦闘後のこうしたやり取りも、ワイワイとしていて楽しい。俺は、皮はジンさんと、骨はトオルさんと交換して、何故《なぜ》か両方とも肉になって戻ってきた。ちょうど食材が欲しいところだったから、これは嬉《うれ》しい。

「魔石は首飾りの強化に使えるが、どうする？」

そうトオルさんに聞かれたので、加工をお願いすることにした。

狩りの後は、みんなと別れてトリムの「碧耀《へきよう》神殿」に戻った。そこの厨房《ちゅうぼう》を借りて、先程入手したばかりの雷光魔牛の肉を調理してみる。初めての食材なので、まずは味見だ。

塩コショウして簡単に焼いてみたけど、どんな感じかな？　って、……美味《うま》っ！　さすが希少肉。エリアボスのお肉って、こんなに美味いんだな。赤身肉のしっかりとした味わい。濃いアミノ酸の旨味《うまみ》が味蕾《みらい》に染《し》み込んでくる。レア気味に焼いた肉は、硬すぎず柔らかすぎず肉《にく》汁《じゅう》が滴《したた》っていて、雷《いかずち》属性のせいか、若干《じゃっかん》ピリッてくるのもいいスパイスになっている。

ついでに他の食材も使って、本日の賄《まかな》いを何品か用意してみた。そうしたら、なんだか料理名がおかしなことになってしまった。

・〈帆立貝《ほたてがい》のポワレと香草のエミュルション〉
・〈トマト・オ・クルヴェット〉
・〈ウフ・ポシェ・フリカッセ・ドゥ・シャンピニョン〉
・〈天使の蕪《かぶ》のヴルーテ〉
・〈痺《しび》れる味覚、雷光魔牛のロティ　人参のピュレを添えて〉
・〈救済の無花果《いちじく》　コンフィ仕立て〉

いやいや、なにこれ。おかしいだろ？　意味がわからない。だって、俺が作ったのはそんな大層なものじゃなくて、こんなのだよ？

・帆立貝の蒸し焼き、バジルソースかけ
・茹《ゆ》でた海老《えび》をタルタルソースで和《あ》えて、中身をくり抜いたトマトに詰めたもの
・キノコの油炒《いた》めに温泉卵を載《の》せて、生クリームを垂《た》らしたもの。

ちょっとばかり手間はかけたけど、わりと手軽にできるものばかり。さらに残りの三つなんてもっとシンプルで、それほど食材を使用していない。

・蕪のクリームスープ（メレンゲがグルグルかき混ぜていた）
・牛肉のオーブン焼き
・イチジクタルト

なんだ？　なんでこうなった？

【調理Ⅶ】……もしかしてお前か？　無駄にレベルが上がっているし、これのせい？　それともまさか、【J聖餐《せいさん》作製Ⅱ】がなにかした？

あるいは、この街がいけないのかもしれない。設定が南フランス風みたいなことを言っていた気がする。それなら、その影響を受けたという可能性も、なきにしもあらず。

まあ、ここで考えてもわからないから、とりあえず今回の結果は保留かな。そのうち誰かが検証してくれるだろうなんて期待して。

賄いを食べた神殿の人たちは、とても喜んでくれた。揃って涙を流しながら食べているのは、日頃からよほど質素倹約に努めているのか、料理がよほど口に合ったせい。それか、このところの不漁のせいで、食材が不足していたのかも……うん。そういうことにしておこう。

あれ？　このイチジクタルト、やばくないか？

いつの間にか、食後六時間HP持続回復（中）の効果がついている。ジーク岬で採取したイチジクで試しに作ってみたものだけど、使用前にイチジクを鑑定したときには、こんな付与《ふよ》効果はなかった。……よな？　ちょっと自信がなくなってきた。

……まあいいか。なんか、考えるのが面倒《めんどう》くさくなってきた。でも、今度あの岬に行ったら、イチジクをまた採取しておこう。そんな食材もあるってことで。

8　〈閑話〉オフ会

「ねえ、由香里《ユカリ》。どっちが似合っていると思う？」

先程から姿見《すがたみ》の前で、とっかえひっかえ服を見比べていた京香《キヨウカ》が、両手に下げたハンガーを揺らしながら背後を振り返る。そこにいるのは妹の由香里だ。意見を聞くために部屋に呼んでいた彼女に、京香は真面目《まじめ》な顔でそう尋《たず》ねた。

「そっちの黄色かな」

「じゃあ、これとこれだったら？」

「うーん。そこはTPOによるかな。お姉ちゃん、もしかしてデートなの？　随分《ずいぶん》気合いが入っているみたいだけど。本命登場？」

「もう、真面目に意見をお願い。ちなみに、デートじゃないわよ。オフ会だから」

「オフ会？　それって、もしかしてＩＳＡＯの？」

「そう」

「ＩＳＡＯの人なのか。それで、お姉ちゃんは誰狙《ねら》いなの？」

　由香里もＩＳＡＯをプレイしている。だから、いつになく準備に余念のない姉の様子に、その意中の相手が気になっていた。

「………それ、答えなきゃダメ？」

「あれ？　ちょっと言うのを躊躇《ためら》っちゃうような相手なの？　まさか、お姉ちゃん……既婚者が相手だったり？　それダメだよ。不倫は絶対にダメ！」

「こらこら。早とちりしないの！　違うわよ、不倫なんてするわけないじゃない。確かに気になっている人はいるけど、その人はね……年下、年下なのよ」

「えっ年下？　それって淫行《いんこう》？　やだ。もっとヤバイじゃん！　相手いくつ？　高校生？　まさか中学生じゃないよね？　っていうか誰よ、その少年は。どこで知り合ったの？　お姉ちゃんのパーティって、オジサンばっかりでしょ？」

「だから、淫行でもないから！　ちゃんと十八歳以上だもの。それと大学生よ。あと、みんなもまだオジサンって年齢じゃないわ。由香里くらいの子からすれば、だいぶ年上には感じるだろうけど」

「それをオジサンっていうの。でも大学生かぁ。それならギリセーフかな？　何歳なの？　その彼は」

「……十九歳。先月なったばかりだって」

「つまり、お姉ちゃんとは三つ違いってことか。そう聞くと結構大きいね、その年齢差は」

「やっぱりそう思う？　無理かな？　同年代の女の子より年上の女性の方が好きみたいだから、射程圏内かな……って思いたいけど」

「へぇ。その彼、年上好きなんだ？」

「うん。まず間違いないと思う。以前、ＩＳＡＯ内で打ち上げをしたとき、同年代の女の子は苦手だってハッキリ言っていたし、ゲーム内での態度も、若い子にはかなりそっけなく見える。だけど、私やギルドの受付嬢くらいの年齢の女性に対しては、とてもフレンドリーだし、話していてちょっとはにかんだりすることもあって、意識してくれているんじゃないかな……って」

「ふぅん。それなら可能性はあるかもね。お姉ちゃんってなかなかに美人で、なにしろナイスバディだし、姉御肌《あねごはだ》なところもある。だから、相手が年上好きならアリかも」

「そう？　そうかな？　見込みある？　本当にそうならいいのに」

「あら。結構ガチだね。で、誰？　私の知っているプレイヤー？　協力するから教えてよ」

妹のストレートな問いかけに対して、しばらくの逡巡《しゅんじゅん》の後に京香は口を開いた。

「…………ユキムラさん」

「えっ！　ユキムラ？　あのユキムラ？　いやないっしょ、だって、やらかし勘違《かんちが》い刀士《けんし》だよ！　確かに若いけど、マジ？　お姉ちゃん、ああいうのが好みだったの？」

「ちがっ、違うわよ！　あれじゃない、あっちのユキムラじゃなくて、もう一人の方。神殿にいるユキムラさんよ」

「あーっ！　つまり『神殿の人』か。……だよね？　あの人、ユキムラって名前だったのか。初めて知った。えーっと、どんな人だっけ？　顔……あれ？　やだ、なぜか顔が思い出せない。変だな。私、人の顔を覚えるのは結構得意な方なのに」

「顔は、……悪くはないわよ。普通かな？　特に欠点のない顔っていうか、目立たない印象っていうか……まあ、地味？　な感じかしら」

「うーむ。ぶっちゃけ、イケメンアバターが標準のVRゲームで、普通で地味って時点でリアルはあまり期待できない気がするけど」

「でも、背は高くて筋肉もついているし、スタイルはかなりいいの。体格はリアルから全く変えていないって言っていたわ。高校までスポーツをしていて鍛《きた》えていたって」

「ふむ。高身長のスタイルイケメンか。おまけにスポーツマンと。それなら悪くない。実物もアバターくらいの平凡なお顔なら、結構いい物件かも」

「でしょ！　そうなのよ。さらに人柄も穏《おだ》やかで、時々ちょっと子供っぽいところもあるけど、基本的に真面目で努力家。笑っている時とか可愛《かわい》いし、訪ねて行くとお茶を淹《い》れてくれたり、手作りのお菓子を振る舞ってくれたり。それが、ゲームだからやっているって感じじゃなくて、あくまでも自然体。リアルでもあんな風だとしたら……萌《も》える。そして、モテる子にはモテる。見る目のある女子は、その真価に気づくはず。だから、負けるわけにはいかないの！」

「おう！　お姉ちゃんの凄《すご》い勢いに、由香里ちょっと引いちゃったわ。……でもわかった。今回お姉ちゃんが、かなりのガチだということが、よくわかった」

「わかってくれた？　じゃあ、協力して。『年下の男子を惹《ひ》きつける』洋服選び」

「まかせて！　由香里、お姉ちゃんを応援する。お姉ちゃんの大人の女の魅力で、『神殿の人』を悩殺《のうさつ》しちゃおうじゃないの！」

§　§　§

「いらっしゃいませ！　お一人様ですか？」

「葉山《はやま》で予約が入っていると思います」

このお店で合っているはずなんだけど。どうかな？

「葉山様ですね。こちらへどうぞ」

よかった、合っていたみたいだ。でもヤッバ。かなりドキドキしてきた。これから顔を合わせると思うと、やけに緊張する。

今日のカッコ、変じゃないよな？　一応、大学の友達に服装はチェックしてもらった。時間にはまだちょっと早いけど、もう誰か来ているかな？

予約されていた店は、オシャレでカジュアルな人気居酒屋で、お酒の種類が多く、創作料理と串揚《くしあ》げが評判の店だった。ちなみに、これも同じ友人情報です。

「こちらのお席になります」

案内された席は半個室風になっていて、既《すで》にそこに来ていたのは、スーツ姿の若い男性が一人。スマホを見ているのか俯《うつむ》いていて、ここからじゃ顔がよく見えない。誰だろう？

「……あの。こんばんは。初めまして……は変かな？」

俺の声がけに顔を上げた男性（この顔はたぶんトオルさんだ）は、訝《いぶか》しげな顔をしている。やっぱり、こういう反応になるよね。

「……えっと。俺、君みたいな知り合いはいない……いや、いや待て。ここまで案内されて来たんだよな？　ってことは。ここ、『葉山』の予約席だけど、それで合ってる？」

「はい、合っています。アバターと見た目がだいぶ違いますが、俺、ユキムラです」

「はぁ？　ユキムラ？　マジで、あのユキムラ？　本当に？　かなりどころか、ぜーんぜん違うんだけど。……でも、声は似ているか？　顔以外は確かに似ているかも。いや、マジか。リアルユキムラ、超ヤバイじゃん！」

「ゲームのアバターは、かなり弄《いじ》っているので。驚かせてすみません」

「弄るとか、そういうレベルじゃないと思うぞ、その変わりっぷりは。まあ、話は座ってから聞くよ。ユキムラ、こっち来いよ」

「じゃあ、チーム・クリエイトが、ここに一堂に会したことを祝して、乾杯《かんぱい》！」

「乾杯！」

「お疲れ～」

乾杯のかけ声とともに、互いに和《なご》やかにグラスをぶつけ合う。ほぼ時間通りに全員が集まって、オフ会の飲み会が始まった。俺だけ未成年だから、一人だけジュースだけどね。

「いやあ。今日ほど驚いたことは、ここ最近なかったな」

「だよなあ。丸っきり別人だし。それに、いくらなんでも男前過ぎるだろ。マジで驚いたわ」

「普通、逆だよな。アバターを盛《も》る奴《やつ》は多いけど、削《けず》るって。盛るの反対語ってこれでいいのか？　とにかくそんな奴って、あんまりいない。かなり少数派じゃないか？」

「いなくはないけど、これはやり過ぎだって！」

「ま、ユキムラらしいちゃ、らしいと言えなくも……いや。どう見ても、やり過ぎだな！」

やっぱり、そこは突っ込まれるよね。あはは。

「ほら、ユキムラ。笑っている場合じゃないぞ。お前のせいで、キョウカお姉さんが、すっかり石になっちゃっている。一体どうしてくれる？」

「えっ！　それって、俺のせいですか？」

「そりゃそうだろう。だからユキムラ君、責任を取って、今夜はキョウカちゃんのお世話をしっかりとするように」

「えっと、お世話って？」

　お世話って、なにをどうすればいいの？　誰か教えて。

「まだオフ会は始まったばかりだ。これから若い二人で、ゆっくりしっぽり深く何かを育《はぐく》んでいけば……イタッ！　キョウカちゃん、痛いって！」

「さっきから黙って聞いていれば、言いたい放題言って！　ユキムラさんに、変なこと言わないでよ！」

　あ、石化が解けた。

　……えっと。どう話しかければいいのかな？　俺への心証って悪くなっていないよね？

「あの……、キョウカさんは、やっぱり驚きましたか？」

　うわっ。なに当たり前のこと聞いてんの、俺。もっと気の利《き》いたセリフ、出てこいって！

「ユ、ユキムラさん！　それは、……それはまあ、そうね。それは、やっぱり……そう、驚いたかなって」

「この見た目じゃダメですか？」

　うおっ！　何がダメなんだ、俺！　リアルなキョウカさんに、いきなり何を聞いちゃってるの！

「ダ、ダメってことはない……わよ。そう、ユキムラさんには違いないし。ただ、ちょっと……いえ、かなり……カッコいいかな」

あ、また石になりそうな気配。石化を解く呪文《じゅもん》ってあったよね。なんだっけ？

「ユキムラ、よかったな。『カッコいい』だそうだ。うむ。誠にめでたい」

「めでたいなら飲め！」

「うんうん。今日は飲もう！　俺の上京を祝して、そして、実はカッコよかったユキムラ君を歓迎して、もう一度、乾杯！」

みんな、最初からガンガン飲んでいる。そしてまた追加の飲み。ペースめっちゃ速くない？

いくら週末とはいえ、社会人って、みんなこんなに飲むの？

「ほれ飲め。ユキムラはダメだけど、アークはもう飲めるよな！　だから飲め！　思いっきり飲め！　吐くまで飲みやがれ！」

「やだな、ガイさん。もう酔っているんですか？　いや、飲むから、いろんなお酒を勝手に混ぜないで下さいよ」

「アークはだな。若いくせにそういうところがクール過ぎる。少しは可愛げを身につけろ。実は格好《かっこう》良かったユキムラみたいにな！」

「はぁっはっは。うまい、酒が美味《うま》いぞ。おまけに早く酔える！」

「だから、混ぜないでって言ってるじゃないですか！」

「今日は飲むぞ」

「おーっ！」

それからは、賑《にぎ》やかに楽しい時間が過ぎていった。最後の方は、石化の解けたキョウカさんとだいぶ話せるようになったし、オフ会、思い切って参加してよかったな。

§　§　§

「ただいま……」

元気のない声と共に、がっくりと肩を落とした京香が、由香里のいるリビングにトボトボと入ってきた。一体全体、何があったのか。

「お帰り～って。お姉ちゃん、どうした？　やけにテンション低いね。オフ会が上手くいかなかったの？　ユキムラさんが予想と全然違っていたとか？　元気出しなよ。VRのオフ会なんて、そんなのあるあるだよ。めげない、めげない」

「……無理。あれは無理よ。あんな……あんなに」

「よしよし。現実は残酷だね。聞いていた話と違うなら仕方ないよ。詐欺《さぎ》男だか偽装男だかわからないけど、世の中には三五億の男がいる！　次に行こう、次に」

「違うの。ぜんっぜん違ったの」

「うんうん。違ったのね。実は背が低かったとか？　それとも筋肉がなかった？　あるいは笑顔がめちゃ怖かった？　由香里に言ってスッキリすればいいよ。あるあるだよ、あるある」

「違うの。その方がまだよかったかも。あれはない。確率的におかしい。現実じゃ普通あり得ないし、そこらにいるわけがない。まず遭遇《そうぐう》しない。ないったらない。ないないない！」

「おっ？　怒りモードにチェンジか？　その調子、その調子。それでどう？　リアルユキムラは、結局どうだったの？」

「………っ」

「KY、キモイオレサマチュウニ？」

（ブンブンブン）

由香里の直《ちょく》な例《たと》えに、京香は無言で頭を左右に振り否定する。

「違うのか。……じゃあ、オヤジクサイエロイウザイ？」

（ブンブンブン）

「これも違うと。じゃあ、ナルシスマザコンストーカー？」

（ブンブンブン）

「うーん。他に何があったかなぁ。だいたい網羅《もうら》したと思うけど。残るは、実は彼女でネナべ？　これでどうだ！」

（ブンブンブンブン）

「えーっ。これでもダメなの？　さすがにもうないよ。これ以上、思いつかない。教えて。これ以外で全然違うって、何？　さあ、白状しろ！」

「…………………イケメ……」

「ん？　今なんて言った？　気のせいかな？　イケメンって聞こえた気がするけど」

（ブンブンブンブン）

ここで初めて、肯定の意味の縦振《たてふ》りが出た。

「えっ！　マジ？　イケメン？　イケメンだったの？」

「……うん、イケメン。イケメンだった」

「ならいいじゃん。なんで落ち込んでるの？」

「だって無理。手が届かない。天元突破《てんげんとっぱ》の真のイケメン。そこら辺にいちゃいけないレベルの、ハイクオリティなイケメン。リアルで出くわすとか、まず確率的にあり得ないレジェンドレアなイケメン。どう見ても一般人じゃないだろうこれはのイケメン。もう、メチャクチャカッコいい。ＣＧみたいな、でも、アバターだってここまでじゃないよ的な、どうしたらいいの？　こんな超イケメンに出くわすなんて。誰か教えて！　……だった」

「それはまあ、なんて言ったらいいか。予想外すぎ？」

「やっとちょっと落ち着いてきたね。よかった」

「うん、ごめん。衝撃があまりに強すぎて、帰り道にいろいろ考えちゃって、人格がプチ崩壊《ほうかい》しちゃった」

「そーんなにカッコ良かったんだ？」

「うん。あれはヤバイ。見ているだけで幸せになれる。それが目の前で、動いて話しかけて笑って照《て》れて……もうっ最高！　アイドルに大枚はたくヤローの気持ちを、今日、マコトに理解した。イケメンには、お金に換算できる価値がある」

「マジか。うわぁ、すっごく見てみたい。写真撮ってないの？　リアル超イケメンなんて、テレビの中にしかいないと思ってた」

「あるわよ、写真。みんなで撮ったやつだけど」

「見せて、見せて。……わっ。マジだ。マジで別次元オーラ漂う超絶イケメンだ！」

「うん。私も最初、目を疑ったわよ。『本当にユキムラさん？』って、名乗ってくれているのに、つい聞いちゃったわ。当人は苦笑していたけど。他のみんなも、とても驚いていたし」

「でもさ、なんでこんなにカッコいいのに、わざわざ地味なフツメンアバターを使っているのかな？　その理由って聞いた？」

「うん、もちろん。リアルでは日頃から、外見のせいで色眼鏡《いろめがね》で見られがちで、ゲームの中でくらい、そういうのなしで過ごしてみたかったたって。ユキムラさんは、そう言っていたわ。同世代の女子が苦手なのも、外見ありきで全然中身を見てくれない、なのに所構わず騒ぐから……だって」

「ふぁあ。痛いところを突いてくるね。確かに、クラスにこんな見とれちゃうようなイケメンがいたら、凄《すご》い騒ぎになると思う。間違いなく、学校中の女子の噂《うわさ》になるレベルだもの」

「そう、それでね。ユキムラさん、小学生の時にお母様を亡くされていて、それ以降、お父様と二人暮らしで、家事全般をやっていたんですって。だから、毎日がとても忙しくて、自分のことだけで手一杯。時間的にも精神的にも、全然余裕がなかったたって。それなのに、周りで勝手に女の子が騒いで、とても対処に困っていたらしいわ」

「苦労してるんだ、ユキムラさん。それじゃあ、リア充キャピギャルは苦手になっちゃうかもしれないね。年上好きっていうのは、そこからも来てそう」

「ゲームのままの人柄だったわ。穏《おだ》やかで優しくて、でもちょっと子供っぽい。笑った顔なんかもう素敵《すてき》すぎてなんて言ったらいいか。いやもう、無理……需要《じゆよう》があり過ぎて無理。私とか無理。もっと美人で包容力があって気が利《き》いて、年齢も三つも離れていなくて、仕事ができて経済力があって魅力的な女性が、彼には相応《ふさわ》しいんじゃ……ないか、と……」

「あ、また落ち込んじゃった。お姉ちゃん、待って待って。そういえば服装への反応はどうだった？　お姉ちゃんの爆乳Fカップをアピールするべく、ちょっとパッツン気味の薄地シャツ、ボタン二つ開け仕様《しよう》は？」

　その問いかけに、落ち込みかけていた京香がガバッ！　と体勢を立て直す。

「……それはバッチリかも。ユキムラさん、時々チラ見してたわ。他の連中はガン見してたけどね。やっぱりそこは若いっていうか、どうしても気になって、つい目が引き寄せられる……みたいな感じかな。それでいて、慌《あわ》てて目を逸《そ》らしたり、見ていることを気づかれたらヤバイどうしようみたいに焦《あせ》っている様子もまた初々《ういうい》しくて……あんなのを見ていたら、ちょっとなら触ってもいいのよ、とか言ってみたく……、痛っ！」

「お姉ちゃん、トリップしないように。オフ会でお触りとか、ダメでしょうに」

「はっ！　いけない、つい。それに大丈夫。ちらっと思っただけで、実行はしていないから」

「それは当たり前。でもさ、お姉ちゃんの話を聞いていると、けっこう脈あるんじゃない？少なくとも、お姉ちゃん、かなり好感度を稼《かせ》いでそう。もちろんユキムラさんのね」

「そ、そう？　本当にそう思う？　お姉ちゃんに気を遣《つか》ってくれちゃったりしてない？」

「うん。ここは思い切って、もうちょい積極的にいってみたら？　年上好きなら、美人で優しくて世話焼きで、かつFカップナイスバディのお姉ちゃんに惹かれないわけないよ」

「そうかな？　じゃあ、ちょっとは期待してもいいのかしら？」

「ここは攻めるが勝ちだと思うよ。少なくとも、ＩＳＡＯ内じゃあ、まだ競争相手はいないわけだから、ちょっと距離を詰めてみるくらい、十分ありありだよ。じゃないと、そのうち性格のいいスタイルイケメンってだけで、近づいてくる子が出てくるかもよ？」

「そうか……そうね！　わかった。由香里、ありがとう。お姉ちゃん、頑張ってみるわ」

9　ティニア湾の攻防

やって来ました。トリム解放クエスト本番当日。

前回のレイドと同様に、今回も俺以外のみんなは後方支援に回る。そして俺はというと、「神聖騎士団」改め「東方騎士団」と再び一緒のチームになった。

「東方騎士団」にクラン名が変わっていたことに驚いたが、それよりもっとびっくりしたのが、あの「聖女」さんが、中級職の④次職で「占星術師」へルート変更をしていたことだ。服装もそれに合わせてか、修道服じゃなくなっていた。

どうやら「占星術師」は、聖職者寄りの魔法職らしい。その服装も、いわゆる魔女っ子ではなく、魔法学者風っていうの？　所々キラキラした装飾はついているが、割とカッチリしたデザインのガウン姿になっていた。

デザインは若干《じゃっかん》改良されているけど、大学の入学式で壇上にいた偉い先生たちが着ていたガウンと似ている。アカデミックドレスっていったかな。頭に被《かぶ》っている特徴的な房《ふさ》付きの角帽子が、スレンダーな元聖女さんにはよく似合っている。

「あら、ユキムラさん。お久しぶり。今回もよろしくね」

「ユリアさん、お久しぶりです。ルート変更されたんですね」

「そう。まだ修道院にも顔を出しているけど、以前ほど縛《しば》りはなくなったわ」

それにしても、女性って服装や化粧でこんなに印象が変わるんだね。

以前は、いかにも修道女っていう感じの清楚《せいそ》なナチュラルメイクで、髪の毛は全《すべ》てウィンプル《頭巾》に隠れていた。でも今は、華《はな》やかなゆるふわスタイルにまとめた長い金髪が、惜《お》しげもなく晒《さら》されている。そして、柔らかな色合いのピンク系のメイクは、一見すると冷たく見えがちな怜悧《れいり》な容貌《ようぼう》に、華やかな雰囲気《ふんいき》をまとわせていた。

「占星術師って、珍《めずら》しい職業ですよね。神官職から派生するなんて知りませんでした」

「賭《か》けだったけど、クランのみんなのおかげで転職は上手《うま》くいったわ。珍しいからこそ、この先に更《さら》に面白《おもしろ》いルートが出てくることを期待しているの。その度《たび》に装備を入れ替えるのは、かなり大変だけど」

「もしかして、装備は総入れ替えですか?」

「アクセサリ類以外はそうなるわね。必要経費とはいえ、だいぶお金がかかっちゃった」

「でも、よくお似合いです」

「ありがとう。嬉《うれ》しいわ」

学者風のガウンの下は、カッチリとした細身のスーツ姿で、歩くたびにタイトスカートのスリットからスラリとした脚《あし》が覗《のぞ》く。ふいに、「綺麗《きれい》なお姉さんは好きですか？」っていう、ネットで見た昔のＣＭシリーズが頭に浮かび、思わずドキッとしてしまった。

そんなスタイリッシュな彼女に対して俺はというと、大司教のフル装備（キラキラ典礼服《てんれい》にジャラジャラアクセ）で身を固めていた。はい。だって、レイドだから、フル装備じゃないと。支援職が真っ先に倒れるわけにはいかないし、手を抜いたら失礼でしょ、皆さんに。

「こんにちは。今日は、よろしくお願いします」

前回と同様に、東方騎士団のグレン団長がチームリーダーなので、レイド開始前に挨拶《あいさつ》しに行った。

「おう、こちらこそ宜《よろ》しく。先日の作戦会議で概要《がいよう》は聞いたと思うけど、この後もう一度、我々のチームを集めて、大まかに開戦後の作戦の確認をするけどいいかな？」

「はい。その方が俺も安心です」

「もうすぐ始めるから、その辺《あた》りで待っていてくれ」

しばらくするとチームメンバーが集まってきて、作戦のおさらいが始まった。

「じゃあ、みんな聞いてくれ。まずは立ち回りについて。我々は、レイドボスに向かって左側、左翼に位置する。具体的には、後衛《こうえい》部隊の前方、前衛《ぜんえい》寄りに陣取《じんど》る。レイドボスへのメインアタックは中央チームが担当するので、我々はそのアシストに徹する」

まずは位置関係の説明からだ。

「中央チームが大きく被弾し、陣形が保てなくなったときには、速《すみ》やかにそのカバーに入る。最前列は盾《たて》部隊1組、その後ろに盾部隊2組が待機し、二重の構えとする。いつでも交代できるように備えるが、個々の飛び出しは厳禁だ。我々のチームは、背後に後衛部隊を多数抱えているから、後ろへ被弾を通すことは、徹底して避けなければならない。よって盾部隊は、それぞれ一枚の壁になるつもりで、意識して動いてくれ」

続いて、その場所で果たす役割について。俺たちに任されているのは、主に中央チームの補助と後衛部隊の護衛《ごえい》になる。

「一方で、攻撃部隊は左翼からボスへの牽制《けんせい》を行う。深追いは避け、被弾したら交代して回復に努めるように。一斉《いっせい》攻撃のタイミングは、合図が出るからそれに従ってくれ。

ジーク岬で見つかった詩の記述から、ボスの弱点属性は『雷《いかずち》』と予想されている。調査班による追跡調査でも、それはほぼ間違いないだろうと判断された。しかし、レイドが進むにつれて、攻撃属性が雷から変わる場合も想定はしている。その際は改めて指示が出るので、聞き逃さないように気をつけていてほしい」

ＩＳＡＯでは、討伐《とうばつ》の進行に伴《ともな》って敵の能力や強さが次第《しだい》に厄介《やっかい》になっていくことが知られている。だから常《つね》に油断はできない。

「次に援護部隊。長期戦が予想されるため、ＧＰの管理が非常に重要になる。定期的に【戦闘強化】をかける部隊は、タイムキーパーの指示に従って動くこと。【結界】部隊は、定期的なスキル行使に加えて、頻繁《ひんぱん》に臨時指示が入ることが予想される。指示を聞き逃さないように注意してほしい」

大規模レイドということで、直接攻撃や防御にあたる以外の、号令や連絡係、レイド進行を俯瞰《ふかん》し、状況に合わせて様々な指示を出す各種人員も配置されている。ＧＰは今のところ回復薬が存在しないから、無駄遣《づか》いはできるだけ減らすってことだね。

「そして最後に【回復】部隊。前衛の消耗《しょうもう》具合を見ながら、【回復】を飛ばしてほしい。後半戦に入ったら、【持続回復】をかけ始めてくれ。対象者には、予《あらかじ》め周知したマークが付いている。指示が出たら、対象者がこちらに寄せてくるので、担当者は迅速《じんそく》に対応を頼む。あとはユキムラ君、君には臨機応変《りんきおうへん》に【完全回復】も頼みたい。特に後半戦、ボスの直撃を受けてＨＰが大幅に減った者には、遠慮なく飛ばしてほしい。だが、ＧＰの消耗具合にだけは、くれぐれも注意してくれ。

以上だ。質問があれば受けつける。なければ早速《さっそく》持ち場に移動する」

回復要員は複数参加しているが、【完全回復】のスキルを持っているのは、このチーム全体で意外にも俺だけらしい。だから、個別に名指しされて念を押されたわけだ。

こうして、「ティニア湾の攻防・トリム解放クエスト」は、満を持《じ》して始まった。

最初に誘導班が、幻影魔術を駆使して船影を操《あやつ》り、「怪物カリュブディス」を沿岸部に誘い込む。港湾エリアには、予め何箇所も土魔術を駆使《くし》した足場が用意され、まるで棘《とげ》のように海上に飛び出していた。足場は常に結界により波風から守られ、前衛組の退避場所として使われる予定だそうだ。

§　§　§

怪物の接近と共に、波が次々と陸地に押し寄せてきた。

しばらくして、予定していたポイントに怪物が侵入したという合図が出た。

……第一段階成功だ。

続いて第二段階。牛の亡骸《なきがら》を山積みにした沢山《たくさん》の筏《いかだ》が、風魔術による操作で怪物の真上の海域に近づいて行く。筏がポイントに差しかかり始めると、ゴボゴボゴボッと海面が大きく泡立《あわだ》ち、湧《わ》き上がる潮煙《しおけむり》と共に、轟々《ごうごう》と波の立てる重低音が響き始めた。

〈ゴォゴゴォォオ――――ッ！〉

そして爆音。突如《とつじょ》、海が激しく逆巻《さかま》いた。波が渦《うず》の中心に強引に引き寄せられていく。凄《すさ》まじい勢いで、見る間に大渦が海面に広がっていった。

渦の中心を目がけて、海面上のありとあらゆるものが海水ごと吸い込まれていく。その様《さま》は、まるでブラックホールみたいだ。そしてついには、広がった中心部に向かって周囲の海水が大《だい》瀑布《ばくふ》となって流れ込む。新しい渦を形成しながら、海が割れるように深く深くえぐれていった。急激な海面の変化に、周囲は高波が荒ぶり激しく波打つ。

しばらくして、海上にあった全てのものが消え去ると、今まであったことがまるでなかったかのように、次第に海が……静かに凪《な》いでいった。

「よし。第三段階開始だ。『潜水班』は出発。『堤防班』『排水班』は準備を始めてくれ」

そう。今回の作戦は、海底に縄張《なわば》りを持つカリュブディスに有利な水中戦を避けるため、予め用意していた場所に餌《えさ》を使って誘《おび》き寄せた。

怪物が満腹になって眠っている間に、土魔術と結界で周りを囲み、巨大な堤防を作る。そして、堤防が完成したら、その内側の海水をできる限り排水して、海底にいる怪物を大気に露《ろ》出《しゅつ》させる。そんな大変大がかりな仕掛けが計画され、実行される。

特に、この堤防班と排水班の仕事は、広域かつ同時進行で行われ、更に迅速さも要求される。従って、高い能力のある者が選ばれて配置され、一丸となって押し進めていた。

「壮観ですね」

「ああ。君も結界に協力するんだろう？」

「ええ、しばらく抜けますので、よろしくお願いします」

「わかった。戻ったらまた声をかけてくれ」

事前に形成しておいた土台の上に、新たに土の壁が築き上げられていく。出来上がった壁には、硬化の魔術と範囲結界（物理・魔）を重ねがけし、更に強化を施《ほどこ》していく。

「手が空《あ》いたら、こっちも頼む」

「はい。今、行きます」

水没部分には、潜水班の結界師が下から処置を行っている。地上部分担当の俺は、排水が進むにつれて露出する壁に、強力な範囲結界をかけ続けた。

「第三段階が終了した。第四段階に入る。全員配置についてくれ」

ようやく堤防が完成した。既《すで》に海水はかなり抜けている。まだ怪物の姿は直接見えないが、黒い大きな影が海面に映っているのが目視できた。

「最後の作業だ。これからギリギリまで海水を抜く。怪物が起きる前に、遠距離班は攻撃の準備に入れ。合図があったら一斉放出だ」

無数の紫電《しでん》の閃光《せんこう》が、空を網目《あみめ》状に切り裂いていく。天から大地へ槍《やり》のように降る雷が、海底に横たわる巨魁《きょかい》へと無情に突き刺さった。

〈グギャアアア――――ッ！〉

ドラゴンから手足をもぎ取り、口を目元まで裂いたような醜悪《しゅうあく》な怪物が、びっしりと鋭い歯《は》の生えた大きな口を開ける。すると、そこから放たれた雄叫《おたけ》びが、音の波動を肌《はだ》に感じるほどに空を震わせた。

激しい雷撃と雷属性弓、雷属性を付与《ふよ》したカタパルトと弩《いしゆみ》の一斉連射を終えると、遠距離班は一旦《いったん》下がり、クールタイムを待つことになる。

入れ替わりに、雷属性付与武器を手にした攻撃班が前に出た。攻撃班は、水上歩行が可能になる「水蜘蛛《みずぐも》の巻物」を使用している。長柄槍《ながえやり》を構えた部隊が槍衾《やりぶすま》を作り、多方向から一斉に怪物を突き刺しえぐった。

怪物が槍を振り払おうと暴れ、盛大な水飛沫《みずしぶき》と地響きが上がる。

槍を怪物の体に残したまま部隊は離脱。続いて、休む間もなく激しい剣戟《けんげき》が怪物を襲《おそ》う。体表面を覆《おお》う鱗《うろこ》は案外柔らかいのか、怪物の傷は次第に増え、血で真っ赤に染まっていった。

「ＨＰバーの一本目をそろそろ削《けず》り切る。各自、不測《ふそく》の事態に備えて警戒《けいかい》にあたれ！」

そう言った直後、怪物が頭をもたげ、大きく息を吸い込んだ。

「ブレス警戒！」

「【結界】範囲結界！」

警戒の声に瞬時に反応して、一斉に結界が張られる。

〈ドゴォ――――ッ！〉

その直後、轟音《ごうおん》とともに、怪物の口からジェット水流のような水圧ブレスが絶え間なく噴《ふ》き出てきた。逃げ遅れた人たちのＨＰが、見る間に減っていく。

「【回復】回復！」

危なそうな人たちに、次々と回復がかけられていく。もちろん俺もかけまくりだ。

吐いた水によって怪物の周囲の水位が上がると、みるみる怪物の動きが良くなり、堤防に対して攻撃を始めた。

「遠距離班、一斉攻撃！」

「堤防班、排水班、対応を頼む」

再び、雷撃の嵐が怪物を襲う。怪物は、度重《たびかさ》なる雷撃を受けてあちこち焼け爛《ただ》れ、唯一《ゆいいつ》自由になる首をくねらせて、苦しげにもがいているように見えた。

そんな風に堤防を修復しながら怪物への攻撃を繰り返し、ＨＰバーの二本目も削り切り終わる頃、怪物が変態した。根元から首が二本に分かれ、長く伸展する。そして二つの頭がそれぞれ大きく顎《あご》を開き、息を吸い込んで吐き出した。

「ブレス……！」

〈ブッシャアアアアア――――ッ！〉

対応する間を与えず、ジェット水流と猛毒の霧《きり》が攻撃部隊を襲った。攻撃部隊のメンバーに、次々と猛毒の状態異常が点灯し、ごっそりとHPが削れていく。

やばっ！

「【状態異常治癒《ちゆ》】毒中和！」

消費GPを増やして中和レベルを上げ、猛毒に対処する。退避してきた人たちには、範囲回復をかけ、状態異常耐性も重ねがけをした。とにかくスピード勝負だ。ここは踏ん張らないと。

ふぅ。……なんとかリカバリーできたみたいだ。

その後も毒中和やアイテムを駆使して毒に対応しながら、続く三本目を削りにいく。

三本目が終わる頃、また怪物カリュブディスは急に動きを止め、雷撃の嵐に曝《さら》されながらも変態を遂《と》げた。今度は、短く太かった尾が蛇《へび》のように長く伸び、頭が分裂して三本になった。

「ブレス警戒！」

ジェット水流、猛毒ときて、今度はなんだ？

ブレスを浴びた攻撃部隊の面々が、急に陣形を崩《くず》し、揉《も》み合うように倒れていく。

これは……やばい！　混乱だ！　その様子から判断して、慌《あわ》てて混乱解除に向かう。

「【状態異常治癒】混乱解除」

こればかりは、対象者を待っていてもこちらには来てくれない。だから、とにかく走った。

スキルの走り掛けだ。ＡＧＩを上げておいて良かった。神官がこんなに走る状況があるなんて、予想していたわけじゃないけどね。

こんな風に、最後はちょっとバタバタしたけど、事前の入念な準備が功を奏《そう》し、ついには見事ＨＰバー四本を削り切って、「怪物カリュブディス」討伐は終了した。

ふうっ。忙しかったな。

《トリム解放クエスト報酬《ほうしゅう》》
［参加報酬］
・２００００Ｇ・ＨＰ回復ポーション（５）・ＭＰ回復ポーション（５）
・Ｒ確定／アクセサリ　ランダム召喚券（１）・アイテム〈海〉（１）・素材召喚券（５）
［討伐報酬］
・８００００Ｇ・ＨＰ回復ポーション（20）・ＭＰ回復ポーション（20）
・Ｒ以上確定／職業別　武器／防具／アクセサリ　ランダム召喚券（１）
・Ｒ以上確定／ジャンル別　武器／防具召喚券（１）・アクセサリ装備枠《わく》拡大券（２）
・Ｓスキル選択券（１）・Ｒ以上確定／素材召喚券（３）
・レイドボスモンスター素材召喚券（５）

ということで、報酬タイムがやってきた。まずは、素材から。

素材召喚券三種類を、とりあえず全部引いてみた。なんかいろいろ出たけど、欲しがる人にそれぞれ売却し、余ったものは冒険者ギルドで売却した。

次は［参加報酬］。
・R確定／アクセサリ　ランダム召喚券（1）……ポチッとな。
R【雨燕《うえん》の指輪】AGI＋15　INT＋10　耐久（破壊不可）※水属性・風属性への親和性が高くなる（小）
うん、なかなかいい。ランダムにしてはいいのが出たね。属性が二つもついている。本来は魔術師向けのアクセサリなのか、AGI＋がついているのも俺には嬉しい。これは売却しないで自分で使おう。
そして注目すべきはこれ。
・アクセサリ装備枠拡大券（2）
装備枠が残り少なくなっていたから、これはマジで助かった。ナイス、運営。早速、二枚とも使用しておく。さて次だ。
・R以上確定／職業別　武器／防具／アクセサリ　ランダム召喚券（1）……ポチッ。
R【螺旋《らせん》の腕環《うでわ》】MND＋20　VIT＋20　耐久（破壊不可）※装備者及び装備者が触れている者のGP・HPを持続回復（小）

持続回復（小）がついている！　これはいいね。職業別チケットは、ランダムでも外れがないのがいい。それにR以上確定だから、やはり性能がいいものが出る。次も期待しちゃうよ。

・R以上確定／ジャンル別　武器／防具召喚券（1）……当たりますようにっと。願い（煩悩《ぼんのう》ともいう）を込め、武器選択画面からジャンル［棒］を選んでポチッ。

SSR【金箍棒《きんこぼう》】STR＋120　AGI＋40　LUK＋10　耐久500　※水属性に特効＋（与ダメージ上昇・クリティカル発生率上昇）

よし来た、SSRだ！　やっぱ、大当たりじゃんこれ。STRが高いし、属性特効までついている。これで水辺の狩り場で無双《むそう》か？　と喜んだところで次だ。

・S／Jスキル選択券（1）

〈※スキル選択券で得たスキルは、スキル枠を消費しません。従って、該当《がいとう》スキルを削除しても空《から》スキル枠は生じません。また、該当スキルを削除した場合、同じスキルを再取得することは可能ですが、その際にはスキル枠を消費致しますのでご注意下さい〉

かなり重要なチケットのせいか、注意書きがついていた。

枠が少ない上に有用で、職業選択にも関与してくるS／Jスキル。その選択権になる。但《ただ》し、いったん取得した後に削除すると、何も残らない。

……これは、今は保留だな。

実は、大司教に位階が上がった際にスキル枠が二つ追加され、それが丸々余っている。でも、それについても、俺はまだあえて空《あ》けたままにしている。

というのも、次の転職が無事に済めば、いよいよ上級職に位階が進む。上級職までは、ゲームを進めるに際して誘導が多く、まだ先が読めなくもない。だから、重要なのはその次、最上級職への転職になる。

メニューの［知識］欄《らん》の位階に関する項目に、次の記載があった。

〈最上級職になるには、複雑な条件を満たすことが要求され、さらに専用の隠しクエストを発生させ、かつそれをクリアする必要があります〉

この「複雑な条件」の中に、おそらく「保有スキル」の有無《うむ》が入っているのではないか。そう攻略サイトでは推測しているし、俺もそう思う。

ＩＳＡＯは、その職業において多彩な派生ルートが発生するのが特徴（売り）のひとつだ。

しかし、その派生はスキルのビルドに大きく左右され、何かが不足していると目標ルートが開かず、逆に、余計なものが多過ぎると目標と異なるルートが開いてしまうことが、プレイヤーの数多くの報告からわかっている。

その何かについては、ステータス・保有スキル・スキルレベル・イベント・ＮＰＣ好感度・ＩＳＡＯ内での過ごし方……など多岐《たき》にわたり、おそらく隠し要素も多いはずだ。

更に、俺が現在進んでいる「正規ルート」は、いわゆる「ジョブ縛り」が非常に強く、保有しなければいけないJスキルの数が多い上に、それなりのスキルレベルも要求される。それが、「最も進み難《がた》いルート」と言われる所以《ゆえん》だ。

……おっと。話が長くなった。とりあえず、Sスキル選択券は、今は使わないってこと。

そして、イベント報酬最後のひとつは、[参加報酬]にあったこれ。

・アイテム選択券〈海〉

これこれ。これがある意味とても重要なんだ。この〈海〉ってやつが！　なにせレジャー関係のアイテムを貰《もら》えるチケットだからね。じゃあ、このチケットの詳細《しょうさい》を見てみるか。

《ご希望のアイテムをひとつ選択し、[確定]を押して下さい。[確定]後のキャンセル、交換はできませんのでご注意下さい》

[遊具]※非戦闘エリア専用（ステータス補正：なし）

・浮き具（次から一つ選択）

エアーボート／エアーフロート／サーフボード／ボディボード二枚組

・シュノーケルセット（シュノーケル、ゴーグル、両足フィン）

・スイカ割りセット（スイカ、シート、棒、目隠し）※スイカは使用後、復元します。

・砂遊びセット（バケツ、ショベル、熊手、型、ジョウロ、砂凝固剤）

・パラソルセット（パラソル、デッキチェア2、ミニテーブル）

・釣セット①（釣竿、浮き、リール、釣り糸、釣針）
・釣セット②（たも網《あみ》、バケツ、クーラーボックス、ルアー、ベンチ）
［水着類］※非戦闘エリア専用（ステータス補正：なし）
※カラー・デザインを各バリエーションから選んで組み合わせることができます。
・女性用スイムウェア（次からひとつ選択）
セパレート／ワンピース／ビキニ（パレオ付き）／
ウェットスーツ（両足フィン付き）／マリンスーツ（フィッシング用、麦藁《むぎわら》帽子付き）
・男性用スイムウェア
ボックスカット（ボクサー）／ハーフパンツ（サーフ）／ブーメラン（ブリーフ／
ウェットスーツ（両足フィン付き）／マリンスーツ（フィッシング用、麦藁帽子付き）

……これは、素晴らしい。

というのも、トリム解放クエスト終了と共に、トリムの街の施設や、移動できる街が、いくつか解放されている。

①港湾施設（海路の開通）
トリムの街の港湾施設が利用可能になり、船で新たに二つの街に移動できるようになった。
北西に進むと第四の街「クワドラ」へ。南下すれば「王都モーリア」へ。
②陸路の開通

新たに二つの街への陸路が開通した。ひとつは、船でも行けるようになった第四の街「クワドラ」。もうひとつは、トリムから北東に進んだところにある、大きな汽水湖《きすいこ》「アラウゴア湖」の湖畔《こはん》に栄える副都「ユーキダシュ」だ。

③渚《なぎさ》ビーチ

ここは、非戦闘エリアの遊戯場だ。トリムの街にある美しい砂浜で入場無料。マリンスポーツや海水浴ができる。その他に、ビーチバレーコートやバーベキュー場、花火ができるエリアも併設されていて、関連した売店もある。

マリンスポーツについては、各種「教習チケット」が販売されていて初心者でも安心と、至《いた》れり尽くせり。

これだよ、これ。わかってるじゃん、運営GJ《グッジョブ》だよ！

夏といえば海！　砂浜！　海水浴。そして、海水浴といえば、水着！

「新しく開放された渚ビーチに行って、一緒に遊びませんか？」

うん。自然だ。

何も疚《やま》しくない（ないったらない）。新しいエリアに行ってみるのは、ゲーマーとして当然のことだ。アイテム〈海〉もあることだし、是非《ぜひ》試してみるべきだ……なんて。

そうだ！

レジャーアイテムが被らないように、みんなと相談した方がいいよな。それとも逆に、みんなと遊具を揃《そろ》えて遊ぶっていうのもありか。うん、ありだ。

……じゃあ、早速みんなにメールをするとしよう。

いやあ、めっちゃ楽しみになってきた。なにせ、家にいながら海遊び放題。リアルな気分そのままに、リゾートしまくりだ。

やっぱりＩＳＡＯって、最高だな！

あとがき

この物語を書き始めたのは、一昨年（二〇一八）の十二月です。一時期嵌《はま》っていたオンラインゲームを止め、その代わりとして「小説家になろう」でウェブ小説を読み始めて、一年くらい経《た》った頃になります。

それまでは歴史小説や英雄が活躍するファンタジー小説、個性的なキャラクターが登場するSF小説などを好んで読んでいましたが、ウェブ小説という自由な枠組《わくぐ》みの中で描かれた物語には、また違う魅力がありました。

圧倒的に強い勇者の物語や、どん底から這《は》い上がる逆境物語。非日常の世界で繰り広げられるラブストーリー。その中でも特に、白魔導士や神官、盾騎士など、攻撃職に比べて活躍が地味で裏方になりやすい援護職や防御職の主人公が活躍し、一躍《いちやく》脚光を浴びるようなストーリーを選んで読むことが多かったように思います。これは、以前プレイしていたロールプレイングゲームやギルドバトルゲームでも、自《みずか》らこういった職業ばかり選んでプレイしていたので、性《しょう》に合うというか、人を助けるような生き方が好きだからなのだと思います。

そうやって他人様《ひとさま》の書いた物語をいくつも読んでいるうちに、こんな物語があったらいいのに――という思いが次第《しだい》に強く湧《わ》き上がってきて、それがこの物語を執筆するひとつのきっかけになりました。

でもなにしろ、お堅い科学論文の執筆経験ならありましたが、小説なんて書くのは生まれて初めて。思いつくままに、最初から最後までタブレット上でポチポチと書き溜《た》める日々。書き進めていく内に生じた矛盾を前に戻って修正しながらも、ストーリーが進むのはとにかく楽しくて、その時はウェブに投稿するつもりは全くありませんでした。

いつの間にか文字数が三十万字を越え、他の人にも読んでほしい、主人公の活躍を見てほしいと考えが変わったのは、執筆を始めてから約三カ月後、全《すべ》て書きあがった後でした。

ところがです。当時、サイトの使い方すらよくわかっておらず、小説の投稿手法やランキング入りするテクニックみたいなものが存在することも知らなかったため、やってしまったんです。全話予約投稿。深夜零時《れいじ》に、一日一話、自動的に公開。便利な機能があるんだなと単純に考えて投稿をセットしてしまいましたが、これってかなり無謀《むぼう》。今なら絶対にやらないです。

後になっていろいろ調べてわかりましたが、深夜零時は更新の激戦時間帯であり、投稿してもトップページからすぐに流れてしまいます。それどころか、スキップされて表示されないことすらある。そんな厳しい状況で、よく見つけてもらえたなと、「小説家になろう」の読者の皆様の検索能力の高さには、感心するばかりです。

『不屈の冒険魂』は、「地道な努力を積み重ねれば、誰だっていつかは目的を遂《と》げられる」がテーマになっています。

リアルスキルや幸運という不確定要素に恵まれなくても、地道にコツコツやった人が強くなれる。すぐに結果は出ないかもしれない。でも、今現在している努力は着実に自分の力になって、良い結果に繋《つな》がる。運だけで全てが決まったりひっくり返ったりするわけじゃない。これは筆者の人生経験からきたものであると同時に、そうであってほしいという願いもこもっています。

このテーマは、「小説家になろう」で主流の作品傾向からみると、少し毛色の変わったものかもしれません。古き良きロールプレイングゲームを回顧《かいこ》しながら、それを没入型VRゲームという近未来の舞台に当てはめる。コントローラーを手に、モニターの前でボタン操作していたものを実体化させてみたら、予想していた以上の頑張り物語になりました。

そうして書き上げた作品を、ウェブで沢山《たくさん》の読者の皆様に読んで頂いたのも幸運でしたが、この度は、「小説家になろう」とダッシュエックス文庫が共同で主催する「第一回集英社WEB小説大賞」という大変晴れがましいコンテストで入選させて頂き、書籍という形で作品が新たに生まれ変わるという、またとない機会を得ることができました。「小説家になろう」に投稿を始めて約一年。これも巡《めぐ》り合わせかなと、このコンテストに応募しましたが、入選のご連絡を頂いたときには、嬉《うれ》しくて何度もメールを見返してしまいました。

書籍化にあたっては、全面的に改稿して、ウェブでは省略してしまったエピソードの加筆もしています。刊行にあたってお世話になった編集者部の皆様や、沢山の素敵《すてき》なイラストを描いてくださったイラストレーターの刀彼方様《かたなかなた》に、この場を借りて御礼を申し上げます。

二〇二〇年　九月　漂鳥

この作品の感想をお寄せください。

あて先　〒101-8050　東京都千代田区一ツ橋2-5-10
集英社　ダッシュエックス文庫編集部　気付
漂鳥先生　刀彼方先生

ダッシュエックス文庫

不屈の冒険魂
雑用積み上げ最強へ。超エリート神官道

漂鳥

2020年10月28日　第1刷発行

★定価はカバーに表示してあります

発行者　北畠輝幸
発行所　株式会社　集英社
〒101−8050　東京都千代田区一ツ橋2−5−10
03(3230)6229(編集)
03(3230)6393(販売／書店専用) 03(3230)6080(読者係)
印刷所　株式会社美松堂／中央精版印刷株式会社

ISBN978-4-08-631385-8 C0193